人品与作品

[日] 宫坂觉 著
魏大海 译

芥川文集·别卷

上海社会科学院出版社

图书在版编目（CIP）数据

人品与作品 /（日）宫坂觉著；魏大海译 . —上海：上海社会科学院出版社，2021
 ISBN 978-7-5520-3188-1

Ⅰ．①人… Ⅱ．①宫… ②魏… Ⅲ．①芥川龙之介(1892-1927)—文集 Ⅳ．①I313.15

中国版本图书馆 CIP 数据核字（2020）第 090815 号

人品与作品

著　者：[日]宫坂觉
译　者：魏大海
责任编辑：刘欢欣
特约编辑：杨袁媛　刘凤至
装帧设计：李双珏
内文排版：李艳芳
出版发行：上海社会科学院出版社
　　　　　　上海顺昌路 622 号　邮编 200025
　　　　　　电话总机 021-63315947　销售热线 021-53063735
　　　　　　http://www.sassp.cn　E-mail:sassp@sassp.cn
印　刷：上海展强印刷有限公司
开　本：890 毫米 ×1240 毫米　1/32
印　张：7.25
字　数：173 千字
版　次：2021 年 3 月第 1 版　2021 年 3 月第 1 次印刷

ISBN 978-7-5520-3188-1/I.406　　　定价：59.00 元

版权所有　翻印必究

寄语汉译本读者
——芥川初登文坛一百零一年、逝世九十年

《芥川龙之介——人品与作品》于 1985 年初版（有精堂版），1998 年再版（翰林书房版），至今已刊七版。作为芥川文学入门书，乃流通时间较长的书籍，长期以来受到众多读者关注，也是剧作家、作家和批评家重要的参考文献。此次刊出汉译中文版，对其中的"生涯年谱"做了大幅改订。依据的是 2008 年出版的《芥川龙之介全集》（全 24 卷）第 24 卷所收、迄今为止最为详细的生涯年谱（宫坂觉编《年谱》）。此外，中文版还收录了大幅超越初版时期论考的作品论。

芥川龙之介的处女作是《山药粥》《手巾》，他初登文坛是在 1916 年（大正五年），至今已时过 101 年。意外的是，今年适逢芥川殁后 90 周年，在这样一个日本近代文学印象鲜明的时期，魏大海主编的《罗生门》《点鬼簿》《大川之水》及别卷·本著《人品与作品》（魏大海译）面世。

拙著能以此等汉译的形式呈现在敬爱的中国读者、研究者面前，实乃喜出望外、可喜可贺之幸事。谨向魏大海先生表示衷心感谢。

2005 年 3 月，魏大海跟高慧勤共同主编了《芥川龙之介全集》（全五卷，山东文艺出版社），那是中国第一部真正意义上的日本近代作家

全集。我们知道，芥川常以一己之感性，真挚地面对人生阴暗部分、人类暗郁乃至有限世界的黑暗。这样一位作家在20世纪初日本变更元号（由大正改为昭和）的八个月后，枕边放着《圣经》，在"恍惚的不安"的心境下自杀。"恍惚的不安"可谓当时日本人的共有感觉。为此，当时看不见未来前途的日本人自然构筑了一个芥川神话。

这样的神话先行于芥川文学本身。就是说，人们自20世纪70年代才开始真正意义上解读芥川文学，或者说至此芥川文学的魅力才开始显现，世人才对其高深的文学性刮目相看。近年即20世纪后半叶对于芥川文学的重新发现，亦共时于之后的世界全球化。1950年黑泽明导演的《罗生门》，翌年获得威尼斯国际电影节金狮奖和奥斯卡奖荣誉奖。这是首次获得该奖项的日本电影，之后席卷了世界。芥川龙之介的名字也在文学上渐渐吸引了世界读者的目光，由此成为国际作家，芥川文学也获得了世界文学的定位。

1993年芥川诞辰100周年，神奈川文学馆举办了"诞辰百年芥川龙之介展"，图录中有编者之一中村真一郎的文章《新的芥川像——本展构想之概说》，将芥川与卡夫卡、博尔赫斯相提并论，最先提出了芥川文学的世界性以及贯通其中的现代性。他这样表述道：

> 当今世界接受芥川，并非将之当作日本的大正作家，而是当作第二次世界大战后顺应时代潮流的、表现世界荒谬性的一位作家。毫无疑问，共生于时代的芥川视角渐渐具有了普遍性。

这种具有创见性的观点预见了之后人们对芥川文学的重新评价。不言而喻，芥川的国际作家形象，在二三十年来发生了巨大的变化，

寄语汉译本读者

国际作家芥川龙之介乃至作为世界文学组成部分的芥川文学，不断获得了新的定位。

两个给人深刻印象的事象发见于十余年前的 2005、2006 年。令人惊异的是，两个个别事象并无关联性。如前所述，2005 年 3 月中国出版了高慧勤、魏大海主编的《芥川龙之介全集》（全五卷），全集的翻译者约 15 人，耗时 5 年合力完成，其中含小说 148 篇，诗歌 14 篇，小品文 55 篇，随笔 66 篇，旅行游记 9 篇，评论 43 篇。其实当时少译一篇《掉头的故事》，后于 2012 年出版修订第二版时，由秦刚翻译添入。此事业在关乎国际作家芥川龙之介的话题中具有划时代性。那么一年后的 2006 年 3 月，PENGUIN CLASSICS[1] 系列丛书刊出了 *Rashomon and Seventeen Other Stories*[2]（英国版），译者是当时的哈佛大学教授杰·鲁宾。其序文由村上春树执笔，题为 *Introducyion-Akutagawa Ryunosuke: Downfall of the Chosen*[3]。村上洋洋洒洒写了 19 页颇具挑战性的文字。

同年 9 月，国际芥川龙之介学会 [International Society for Akutagawa (Ryunosuke) Studies] 创立，现有来自十几个国家和地区超过 150 人的会员，已在韩国首尔·仁川、中国宁波·北京·青岛、中国台湾高雄·淡水、意大利罗马、美国马里兰州、德国汉堡和斯诺文尼亚的卢布尔雅那等国

---

[1] 企鹅名著系列。
[2] 罗生门和其他十七个故事。
[3] 芥川龙之介新论：幸运的落魄者。

家、地区召开了国际研讨会。2015年学会成立10周年的纪念大会在东京召开。

去年5月,中国台湾首次出版了林水福主编的《芥川龙之介短篇选粹》(全三卷),译者除主编林水福,皆为国际知名的芥川龙之介研究者。另外在撰此寄语一周前的2017年9月22日,韩国仁川举行了曹妙玉主编《芥川龙之介全集》(全八卷)出版纪念会,第一卷刊行是在2009年,以后每年一卷,历时8年于年内9月完成最后一卷。全集的翻译者共37名,篇目含小说147篇,评论、随笔诗歌、小品等63篇。

不难想象,此次魏大海主编汉译《罗生门》《点鬼簿》《大川之水》,一定会在关乎芥川的国际研究领域一石击浪,引起极大的关注。对于国际作家芥川龙之介,实为值得庆贺之事业。

畏友魏大海劳心劳力,独自翻译拙著及相关文章,亦在此再表谢意。

宫坂觉于深城楼

(日本费丽斯女子学院大学名誉教授、国际芥川龙之介学会会长)

2017年9月29日

目录

I	寄语汉译本读者
001	作家题解
042	作品鉴赏
042	《大川之水》
044	《罗生门》
062	《鼻子》
066	《基督徒之死》
071	《舞蹈会》
085	《少年》
088	《点鬼簿》
092	《齿轮》
096	芥川龙之介略年谱（上）
160	芥川龙之介略年谱（下）

作家题解

芥川龙之介生父新原敏三，经营牛奶榨取贩卖业耕牧舍，母亲福（本姓芥川）。芥川龙之介明治二十五年（1892年）三月一日，生于东京市京桥区入船町（现为中央区明石町）。据其自撰年谱，因辰年辰月辰日辰刻诞生，故命名龙之介，又是所谓的大厄之年——父亲虚岁43岁（若无特别说明则为实岁标记）后为厄年，母亲正值33岁厄年，这年出生的孩子须遵从旧例被遗弃。于是芥川龙之介被扔在了对过的教堂门前（收养者则是经营耕牧舍日暮里支店的人）。父亲敏三，20岁前后从长州来到东京，有幸结识了涩泽荣一等知己，获得了牧场和支店，发展而为实业家。龙之介有两个姐姐，初（明治十八年出生）和久（明治二十一年出生），初在龙之介出生的前一年6岁时夭折。

据说龙之介出生的入船町附近乃外国人居留地（明治二十六年被废除），只有三家日本人家庭。不难想象，在一般家庭乳制品消费尚未普及的时代，居住耕牧舍外国人居留地的外国人乃是主要的消费对象。然而，龙之介在新原家一共生活了8个月。母亲受到长女初突然夭折的打击，同年10月突然精神失常。虽然没什么过激反应，却也无法照料幼儿。龙之介只好被托管于外祖母家，一直到明治三十五年（1902年）去世之前，母亲都没离开过新原家。龙之介时时去探望，母亲的精神失常使芥川龙之介的人生发生了很大变化，也持续对他的精神生活内核施予了很大的影响。

母亲的娘家芥川家乃世家，代代任御奥坊主[1]。龙之介虽做过养子，却一直以"芥川家十六代孙"自称。出生后八九个月生活在芥川家，后由大舅芥川道章（福之兄）夫妇和大姨（福之姊）蕗养育。养父道章任东京府土木课课长（1898年退休）。退休后经营小银行。养母俦，乃有幕府大通[2]人之谓的二世津国屋藤次郎（号细木香以，森鸥外曾有史传《细木香以》）侄女。但是照料龙之介的主导权与其说在养父母，毋宁说在一生未婚的独身的姨母手中。在芥川的作品中有过如下记述，"与我面容最为相似的是姨母，与我精神世界最多共通点的也是姨母"。晚年又说，"她是使我一生不幸的独一无二的恩人"。对于姨母，龙之介心怀着超乎生母的深切的爱，另一方面又感受到强烈的束缚。道章夫妇无子嗣，姨母蕗又是独身，因此龙之介成长的过程中感受了超出亲生孩子能得到的更多温情与爱。生父敏三曾想要回龙之介，却遭到拒绝，因为他一直感受着芥川家人深深的爱。

芥川家位于本所区小泉町（现墨田区两国）。附近的回向院[3]是芥川幼少年时代绝好的游玩场所。芥川家又是江户时代以来的世家，保留着诸多江户情趣。据传道章喜好一中节[4]、围棋、盆栽、俳句等，姨母蕗也有一中节艺名，同时研习绘画等。不难窥见，芥川一家喜好一中节，平素的

---

1 日本江户幕府官名，管理江户城内茶室，负责将军、大名、诸官人的饮茶接待。
2 熟知游里（妓馆区、花街柳巷等）、游艺（游乐、娱乐业等）之人。
3 净土宗寺院，又称无缘寺。
4 日本传统说唱净瑠璃流派之一，17世纪末由京都的都太夫一中创始。

生活中沉浸于所谓的江户趣味或下町[1]情绪中。龙之介幼少年时代就时常跟着养父母、姨母去看歌舞伎表演，同时一家也不会排斥文学。芥川一家的这种气氛，和龙之介确定文学的方向必有极大的关联性。

龙之介自幼体质不好，8岁以前常常痉挛，让家人提心吊胆。幼儿园时代的梦想是成为海军将校，上小学的时候则希望当西洋画画家。

明治三十一年（1898年）入江东寻常小学校，体质仍虚弱，总被同学欺负哭泣。这个时代龙之介开始读书，阅读了很多贷本屋[2]借来的讲释本[3]，阅读了《八犬传》《西游记》《水浒传》，也开始读式亭三马[4]、十返舍一九[5]、近松门左卫门[6]的作品。高等预科时期，读了泉镜花等现代作家的小说，还和班上的同学交流杂志阅读，对文学的兴趣也渐渐由阅读转向了创作。

明治三十五年（1902年）入学江东小学校高等科时，生母福在故乡芝（明治二十六年由入船町迁居至此）故去，享年38岁，时值龙之介10岁的晚秋。他在晚年所作的《点鬼簿》中这样记道，"我跟母亲感情疏远，从未感觉到她是自己的母亲"。但他仍旧十分怀念她。母亲精神异常后，母亲的妹妹冬来到新原家帮忙，竟于明治三十二年（1899年）七月与生父敏三生了一个异母弟弟得二。尽管彼时的生母已精神失常，但生

---

[1] 低洼地区、商业手工业者居住区。平民说庶民居住区。

[2] 出租书籍的店铺。

[3] 讲谈、演义之类的故事书。

[4] 江户后期（1776—1822）作家。有滑稽本《浮世澡堂》《浮世床》等。

[5] 江户后期（1765—1831）戏作家，本名重田贞一，有滑稽本《东海道中膝栗毛》等。

[6] 江户中期（1653—1724）著名"净琉璃"（一种音乐艺术形式）、歌舞伎剧作家，本名杉森信盛，别号巢林子。代表作有《国性爷合战》《曾根崎殉情》《殉情天网岛》《女杀油地狱》等。

父背叛了生母的形象却在龙之介心中根深蒂固。相反,对于生母的思念和追慕,却在少年的心中扎根成长。龙之介的心里,母亲的问题一直是无可忽视的存在,理由正是缘自前述情况。

在那般重叠、复杂、曲折的家庭环境中,少年龙之介默默地成长起来。生父敏三曾挖空心思,想让他重回到新原家,龙之介却死活没答应。相反也促使芥川家下定了决心,明治三十七(1904年)年五月,最终获得东京地方法院废除推定家督相续[1]人的判决,八月正式作为芥川家养子入籍(九月小姨冬入籍新原家,异母弟弟得二成为继承人)。

明治三十八年(1905年),龙之介从江东寻常小学校高等科三年毕业,入学东京府立三中。同学年的还有西川英次郎、平塚逸郎(作品《他》中的原型)和山本喜誉司等。山本成为他的莫逆之交。龙之介时常造访山本家,并邂逅了日后的夫人塚本文(山本的侄女、明治三十三年出生)。就学三中时代发行传阅杂志,创作渐多。《老狂人》《死相》等正是这个时期的作品。从这些作品中已可窥见芥川文学中一些要素或萌芽,如"衰老""优情[2]"等。明治四十三(1910年)年三月,龙之介以第二名的成绩毕业(第一名是西川,龙之介在一高和东大都是第二名毕业)。这年,他在《校友会杂志》发表了《义仲论》。他曾写道,"那是自己最早写出并发表的文章"。而这个时期龙之介的志向是成为历史学家。《义仲论》并非历史学家而是文学青年的文体。文章中确可看出——"芥川之人与文学的根本命题"(臼井吉见)。包括《老狂人》《死相》和《义仲论》,芥川文学的源头置于此期应是准确的,由这些习作可以看到一个有血有

---

1 家督相续——日本旧民法规定的户主地位和财产继承。
2 作家堀田善卫造词。这个词语跟有情、友情同音,意义兼容略有差异,似可译作温情。

肉的芥川龙之介。

三中毕业后的龙之介，同年9月考入第一高等学校[1]第一部乙类（文科）。同级的学生有菊池宽、成瀬正一、井川恭（后与恒藤雅结婚，改姓恒藤。为防止混淆，后文都以"恒藤"表记）、松冈让、久米正雄、佐野文夫等，还有落第的山本有三、土屋文明等。毋宁说，与他们的相遇对于龙之介确定文学人生有着决定性作用。同年秋天，龙之介一家从幼儿期长期居住的本所小泉町，搬到了位于府下丰多摩郡的内藤新宿（现新宿区）耕牧舍牧场附近（生父家）。这里方便他往返一高上学。当时的一高采取住宿制。第二学年龙之介也住校了。然而龙之介却无法适应学生宿舍生活，一到周六，便迫不及待地逃回自己的家。此期开始，龙之介如饥似渴地涉猎各类图书，一高图书馆、帝国图书馆乃至丸善[2]商社，都是他淘书的处所。龙之介爱读世纪末文学，从而形成了怀疑主义和厌世主义的文学倾向。他屡屡给朋友致信，"发现神奇之作一定共享"。在横滨的歌德座观看英国剧团演出《莎乐美[3]》，也是这个时期。然而有趣的是，从这个时代到大学入学，他还创作、留下了许多短歌[4]作品。当然这是龙之介一生中此类作品最多的时期。龙之介还对基督教表现出很大的关心，不时与友人一起去教堂礼拜。与基督教的关联性，是研究芥川龙之介其人与文学关系的重大问题之一。在与外国文学的关联性中，龙之介对于《圣经》的深入了解程度令人瞠目。但从实际生活的层面上看，

---

1 明治十年（1877年）东京大学预科，昭和二十四年（1949年），统合而为新制东京大学教养学部。简称"一高"。

2 明治二年（1869年），福泽谕吉门下、医师早矢仕有创立的杂货贩卖业，以洋书引进为主的书籍、文具、西洋杂货销售为主业。正式社名为"丸善株式会社"。

3 Salome，《圣经·新约》中的女性。

4 日本诗歌形式和歌之一种，由"五七五七七"的音节构成。《万叶集》中多为短歌。

此期与基督教的关联并不十分密切。

大正二年（1913年）七月，龙之介由第一高等学校一部乙类毕业，成绩名列第二（首席是恒藤恭）。同年9月，考入东京帝国大学英文科。好友恒藤恭考入了京都大学，龙之介跟久米正雄、松冈让有了更多的亲密交流。他对专业课毫无兴趣，经常去听波多野精一的希腊哲学课和大塚保治的美学课。他常说那是他"最为敬重的两位先生"。同时，他也喜欢跟朋友结伴去看戏剧、听音乐会和看画展。

入学后翌年2月，以一高出身的文科生丰岛与志雄、山本有三、山宫允、久米正雄、佐野文夫、成濑正一、土屋文明、松冈让为主，外加菊池宽，创刊了第三次《新思潮》杂志（同年9月废刊）。东大所办刊物早有《帝国文学》（明治二十八年创刊），但新人和无名作者难于发稿。于是创刊了新杂志，以期获得自由、活跃的创作园地。《新思潮》（明治四十·10—同四十一·3）创刊时的主导者是小山内熏，旨在介绍以易卜生之类的西洋戏剧为中心的西洋新思潮。但渐渐文学色彩浓重起来，谷崎润一郎在第二次《新思潮》（明治四十三·9—同四十四·3）上，凭借《刺青》等名作华丽登场。龙之介等承袭了当时已经废刊的杂志名，创刊了第三次《新思潮》。当时的龙之介尚未确定将来要做小说家，但久米正雄和松冈让对他的影响很大。他积极参与杂志的工作，创作上也小试牛刀，发表了处女作小说《老年》（大正三·5）和戏曲《青年与死》（大正三·9），此外参与了许多翻译、介绍的工作，如对阿纳托尔·法朗士[1]和

1　阿纳托尔·法朗士（Anatole France，1844—1924），法国作家、文学评论家、社会活动家。

作家题解

叶芝[1]的作品翻译与介绍。这个时期龙之介尚处在创作者自身的发现过程中，至少他自己是拥有此般意识的。

> 所有人皆应拥有信仰，或宗教，或艺术，所有人都有了信仰，社会才能具有生命力……自己作为新思潮同人之一，并非单纯为发表作品，也是为做发表的准备，表现与人合二为一才能拥有真实性。
>
> （大正三年一月二十一日，致恒藤恭）

> 时时感觉在此之前，自己的所有思想所有情感都曾对人述说。与其说充分表达了自己，莫如说他人的思想感情潜移默化地成为了自己的思想情感。可到底哪些可真正称作自己的思想感情呢？心中又没底……也许真正的自由必须借助绝对的"他力"方能实现。
>
> （大正三年三月十九日，致恒藤恭）

两个书信的引用，剖现了龙之介尚在摇摆中的内心世界。既有对于自身的深切怀疑，也有处心积虑想要逃离的苦闷。在这样一种状况中，旺盛的创作是不可能的。进而言之，既然对于自身尚无确切的把握，那么以乐天的态度书写自我也是痴人说梦。他不知道，自己将来的文学方

---

[1] 威廉·巴特勒·叶芝（William Butler Yeats,1865 年 6 月 13 日—1939 年 1 月 28 日），亦译作叶慈、耶茨，爱尔兰诗人、剧作家和散文家，著名神秘主义者，爱尔兰文艺复兴运动的领袖，也是艾比剧院（Abbey Theatre）的创建者之一。叶芝的诗，受浪漫主义、唯美主义、神秘主义、象征主义和玄学诗的影响，演变出其独特的风格。

向性会否自然而然地确定,自己的艺术定位何处乃至发现如何定位的方法,这些问题无解,乃是龙之介深切的苦闷根由。

　　在这样的心理摇摆中,龙之介恋爱了。大正三年五月,他给恒藤恭发了一封信,"我的心中时萌恋情,却是虚无缥缈、梦幻一般的恋情"(19日)。此时开始到夏季,一场爱情戏剧似乎终于开场。对象是二姊阿久的玩伴儿吉田弥生(明治二十五年三月十四日出生,前一年毕业于青山女子学院英文科,被称作十分难得的才女),两人幼时常一起玩耍。龙之介开始关心弥生,乃因大正三年五月《帝国文学》发表的、包括 To Signoria 献词的十一首短歌,又在同年夏季一宫与恒藤的往来书简中得到了确认。信中"虚无缥缈、梦幻一般的恋情",便可读出她的存在。一度谈婚论嫁。

　　与此次恋爱并行不悖的是龙之介的精神昂扬或焕发。此般状况在其日后《精神的革命》(大正八年七月三十一日致佐佐木茂索)中有所表现,由此亦可解读出他的艺术性觉醒。然而不可忽视的是,恋爱的季节有其特定的背景。高峰期正是 10 月末由生父牧场旁临时居所搬迁到终生居所田端 435 号的期间。在那个新的环境中,龙之介心中秘藏着爱情实现着自我生命的述说。

　　　我喜欢马蒂斯[1]……,的确是一个伟大的艺术家。我所追求
　　　的正是那样的艺术,充溢着草原的生命力,阳光下生机盎然地
　　　向着蓝天。在这个意义上,我不赞成为艺术而艺术。在我近期

1　亨利·马蒂斯(Henri Matisse,1869—1954),法国著名画家,野兽派的创始人和主要代表人物,也是一位雕塑家、版画家。他以使用鲜明、大胆的色彩而著名。对现代美术有很大影响。

作家题解

写下的感伤性的文章与短歌中,已经永远地告别了那种艺术。

(大正三年十一月十四日,致原善一郎)

我今日的兴趣完全背离了自己过去的倾向。这一时期,我在恣意放纵时也觉得有力度的作品更加有趣。为何呢?自己也说不清楚……我变得比高等学校时代更加拘谨。

(大正三年十一月三十日,致恒藤恭)

龙之介诀别了"感伤性文章与短歌",他说即便在恣意妄为的日常中,自己的兴趣也转向了"粗野"或"具有力度"的作品(也许在这样的感慨中,《今昔物语》这样的古典进入其视野)。这样的生命充实感,也与此期潜心阅读的《约翰·克里斯多夫》相关。但在他内心深处,想必与搬出生父家产生的解放感及"梦幻一般的恋爱"亦不无关联。他激情昂扬,否定"为艺术而艺术",却又愈发拘谨。无奈中的失恋使他看到了新的风景。

虽然详情不明,但大正三年的年暮、新春之际,龙之介的恋情确实破灭了。其经纬,写在致恒藤的信件中(大正四年二月二十八日)——闻弥生订婚,方知自己心里她是何等重要的存在,又闻婚约未定,便生求婚之念。他说也能猜到女方心思,却仍旧发出了希望见面的信件。但女方的回信阴差阳错,因送信人的失误大大延滞。从信件内容看,"获得了让自己下定决心的力量"。龙之介向家人表达了自己想与弥生结婚的意念,却遭到"强烈的反对"。尤其是姨母,为此彻夜哭泣。不得已龙之介终于"断念",决定放弃此次恋情。家人强烈反对的原因在于,弥生是个私生女、非士族出身、吉田家与新原家关系亲密,以及龙之介与之同龄。

龙之介给弥生写信，自然也没了回音。这种结果使女孩儿受到严重伤害，陷入了神经衰弱的境地。此般情况也传到了龙之介耳中。

事后不久，弥生来了一封信——"祝君幸福"，事情才算停息下来。如前所述，此次失恋对于龙之介是举足轻重的大事件，其影响贯穿了他的一生。

热恋、失恋后的反作用自然也十分强烈。但这并非意味着——所有的感受皆展现出异质性的新的风景。毋宁说高扬的精神催眠的风景，以更加沉重的存在感植根于他的内心。那种根植也关联着《罗生门》的主题。

> 有没有超越利己主义的爱？利己主义的爱无法穿越人与人之间的壁障，也无法治愈人们缘自生存苦难的寂寞，没有超越利己主义的爱，人的一生就将充满苦难（中略），我怀疑是否存在超越利己主义的爱（我感同身受）。
>
> （大正四年三月九日，致恒藤恭）

在述说失恋的影响时，那是必然引用的书简内容。龙之介开始强调"我执爱不在"（三好行雄）。之后进一步深化了自己的思想，在一个半月之后写给山本喜誉思的书简中他说："血缘关系稀薄的、超越利己主义的爱，到底存在与否？""在近期不长的时间里，此般疑惑清晰地镌刻在我的心上。"

（大正四年四月二十三日）

芥川家究竟为何反对龙之介与吉田弥生的婚姻，正确的说法不得而知。然而围绕龙之介的婚姻展开的家庭戏剧，事实上关联于养父母家亲人们的利己主义。他们从芥川幼儿时代就对之疼爱有加，视同己出。因此生父企图要他回家时，养父母家不惜提出诉讼打官司，表达了强烈的反感。芥川亦痛切地感受了养父母家超乎血缘的爱。不难想象，在他20岁以前的生活态度中，曾有一种拘谨的距离感（《一个傻瓜的一生》）。彼时摆在家人面前的或许是他有生以来的第一个自我主张，也是他踏上人生舞台的第一步。在他心中，与其说受到溺爱，毋宁说更多感受的是失望。没想到在家人的反对下，热恋中的年轻人只好分道扬镳。由此芥川也明白了，那种生命共同体意识支撑下，距离最近的他者正是养父母一家人。他也明白了，自己与养父母的所谓纽带只是一个幻想。由最为亲近的他者家人身上，芥川感受到了某种利己主义，同时他也发现自己亦有利己心，往日意念中那般"忘我之爱"的世界并不存在。这般感触在芥川心中留下了深深的烙印。

大正四年（1915年），龙之介发表了《假面丑八怪》（《帝国文学》4月号）《罗生门》（同刊11月号）两部作品。同年夏，为疗治失恋的心灵创伤，他去了恒藤恭的家乡松江旅行，随后在《松阳新报》初次刊出了署名芥川龙之介的作品《松江印象记》。显而易见，芥川龙之介对《罗生门》寄望颇高，留下了大量草稿片段，可见经过了长期的酝酿（也有观点认为该作的脱稿时期是在失恋以前）。然而他却大失所望，作品并无反响。为逃离摇摆无定的现实生活，他试图靠创作使自己徜徉于艺术领地，最终却失望地一无所获。《罗生门》在他的文友中评价很低，甚至有人特意致函"趁早断念为好"。同时起步的《新思潮》同人久米正雄和丰岛与志雄等业已获得了世间认可，不觉间他已落伍，只能无奈地遥望同伴的背影。他在《彼时的自己》别稿中甚至写道，"竟感觉自己患了'写作病'，当个中学英语教师没准儿更加适材"。这年岁末，芥川见到了夏目漱石，若非如此，想必便没有青年作家芥川龙之介的诞生，抑或其诞生将大大延迟。

大正四年十一月二十五日（或十二月一日）傍晚，经漱石门生、同学冈田耕三（后姓林原）引荐，龙之介与久米正雄一起首次出席了漱石山房的木曜会，后师事漱石。参会的那一天，大学的课一结束，龙之介"就回到家里，换上整齐的制服，在约定的4点之前早早到了久米家"。由此可以窥见漱石在龙之介心目中的地位。龙之介在《彼时的自己》别稿中还说："我发表小说那会儿，倘无夏目先生的肯定，便很难走上创作的道路，即便真是杰作，自己也会更加相信漱石的评价。"龙之介由衷地敬佩漱石，为漱石的评说束缚也在所不惜。可以说漱石的评价握住了龙之介的命根。出席木曜会，增强了他的创作欲。如前所述，他曾处于遥望同伴背影的境地（至少他产生了这样的心情），在充满焦躁感、几近丧失自信的境况中，他已经决定改弦易辙，《罗生门》是他的最后一搏。亦即直接师事漱石后，他不是仰赖同人同伴或友人的评价，而是直接靠漱石的评价确认了自己的才能。事实上，龙之介一边准备、执笔毕业论文，一边开始了创作活动。

大正五年（1916年）二月，久米正雄、菊池宽、成濑正一、松冈让等创刊了第四次《新思潮》（大正六年三月停刊）杂志。此次《新思潮》创刊的动力背后正是漱石的存在，在各位同人的心目中漱石的地位举足轻重。创刊号上，芥川龙之介发表了小说《鼻子》。相遇漱石是龙之介执笔的根本动力，为之不惜付出了种种牺牲。他在大正五年二月十五日致恒藤的信中写道，"同人诸君的创作皆未引起先生注意，先生却只钟情于我的作品"。然而除了久米正雄，同人们均将成濑、松冈的作品奉为名作,连《鼻子》那样的作品都未能获得较高的评价。而在这样一个时节,握住其创作命根的漱石评说独树一帜。

  拜启 读过新思潮你与久米君、成濑君几位的作品,其中你的作品非常有趣。文体稳定、严谨、自然、谐趣,同时体现出高雅的趣旨,素材也显得十分新颖。浏览下来,作品颇得文章要领,令人敬服。这样的作品若写出二三十篇呈予文坛,你将成为出类拔萃的作家。然《鼻子》那样的作品,或难获得文坛多数人认可,即便有人读也未必有反应。这种情况,你大可不必在意,只管向着自己的目标前进,群众的忽略乃是身体的良药。久米君的作品也十分有趣,虽然像似平铺直叙的事实,却仍旧趣味盎然。但在写法和其他的方面,你的作品更高一筹。至于成濑君的作品,抱歉失礼了,在你们三人中相对最弱。其本人也在卷末自白道,作品有画蛇添足之感。

  谨此
致芥川龙之介先生

夏目金之助
二月十九日

  抱歉引用过长。可以毫不夸张地说,夏目漱石的这个书简,决定了龙之介的人生道路。龙之介付出莫大牺牲、殚精竭虑创作的小说《鼻子》,在同伴文友中受到漠视,却意外获得漱石近乎盛赞的好评。不仅如此,漱石还对龙之介的文学方法论给予了肯定,预想其将成为"出类拔萃的作家"。更有甚之,漱石对芥川龙之介的评价,竟然超过了当时芥川的最大竞争对手久米正雄和创刊号上发表了五篇作品（三篇小说、两篇戏曲）并荣获最高评价的成濑正一。当然漱石的好评是有切实根据的。难以估量的是，漱石的评价到底使龙之介产生了多大的自信和勇气。比较此前无奈中远望同伴背影的龙之介，确往前迈出了大大的一步，同时"最初的好评并非来自朋友"（《〈罗生门〉之后》），而是来自文坛重镇夏目漱石。可以料想那成为龙之介文学人生中的里程碑。在前述书简中他还写道，要"不停息地向前迈进"。在最初写给一高学生堀辰雄的书简中，他也表示要"向着能够把握的目标永不停滞地迈进"（大正十二年十月十八日）。堀辰雄则一生师事芥川龙之介。大正十三年春，龙之介在写给正宗白鸟的书简中说，"10年前受到夏目先生褒奖以来的最大欣喜"（大正十三年二月十二日）。这种表现起因于正宗白鸟盛赞了他的作品《一块地》。漱石的盛赞（他是这样感知的）对于焦躁心绪中的他，成为值得他一生反刍的宝贵财产。

　　龙之介为《鼻子》的写作牺牲了毕业论文，但仍以二十名同学中第二名的优秀成绩（第一名是丰田实），毕业于东京帝国大学英文科。毕业后去向未定，便将学籍挂靠于大学院，开始了创作活动（后因错过办理退学的手续而被除名）。此时他初次接到了大出版社的约稿——已有很长历史的《新小说》杂志9月特别号。就是说初登文坛的第一部作品是《偷盗》（有续《罗生门》之谓。但却因"时间问题"（大正五年七月二十五日致恒藤）最终换成了《山药粥》。《山药粥》发表后亦获世间好评，被看作其文坛处女作。话扯远了，在《中央公论》10月号芥川发表了小说《手巾》，取材于一高时代的校长新渡户稻造；又在《新小说》第11月号上，发表了天主教系列中的第一部作品《烟草》（后改题名为《烟草与魔鬼》）。值得一提的是，《中央公论》门槛高，通常的约稿对象只是一流作家。因此，不妨说芥川好歹拿到了一张"文坛入场券"（大正五年十月二十四日致原善一郎）。青年作家芥川龙之介总算登上了大正文坛，一举确立了自己的文坛地位。下半期则似彗星登上文坛，翌年作为新年号作家跻身于一流作家行列。由此可见，不难理解，其崭露头角给人以异常的强烈印象。

文坛登场的第一部作品是《山药粥》，脱稿于8月，适逢与久米正雄在千叶县一宫海岸。8月17日到9月2日滞留在一宫的这段时期，恐怕是龙之介一生中最明朗最充实的时期。漱石认定了自己的文学资质，开始在文坛登场起步，帝大毕业，加之《山药粥》完稿带来的解放感，跟前一年夏天处在失恋伤痛中的自己相比，真的是不可同日而语。

在这两周的逗留期间，他还连续收到夏目漱石几封热情洋溢的信笺。如8月21日、24日和9月1日、2日（2日以外的信笺是写给芥川、久米两人的）。

> 在学习？在写作？你们希望成为新时代的作家？我对诸君的将来充满期待。请不断地充实自己。戒骄戒躁。重要的是，像黄牛那样稳步前行。

这是21日漱石书简中的一节。24日的书简中则写道："诸君的书信充满活力，令老朽为之振奋，总想跟你们再说点儿什么。"

这几天，久米和龙之介的神经皆聚汇于夏目漱石。两人心中充满了向上的欲念和明朗健康的志向。这种心境下，25日龙之介给塚本文写了求婚信。

大正三年到大正四年跟吉田弥生失恋造成的创伤，此时已痊愈，他开始追求"新的爱情"。塚本文是三中时代挚友山本喜誉司的侄女。父亲战死,她便寄寓于母亲老家的山本家。三中时代龙之介走访了山本家,初次见到8岁的塚本文。即便此期,吉田弥生的面影亦无法完全抹去。就这样渐渐进入文的"新的爱情"之中。2月前后,龙之介将自己希望与文结婚的想法告诉了家人,"伯母和芝伯母"也私下里约见了文。龙之介抽空去山本家培育"新爱",且从一宫直接给16岁的文写了求婚信。他写信问及文的意愿。"阿文完全是自由的,必须自己确定何去何从。"文接受龙之介的求婚,两家还签订了"俟年末毕业择黄道吉日"订婚、举行结婚仪式的"订婚契约书"。

龙之介在其大正十四年(1925年)所作的《微笑》《海滨》和昭和二年(1927年)所作的《蜃气楼》中均有相关的描写,回想了一生中最为健康、明朗的一宫时期。这两个星期的时光,在暗云笼罩的龙之介一生中,不妨说像一扇突然打开的天窗。不难想象其秘藏心中的感受。

以一宫时期为核心,大正五年(1916年)给人以明朗印象。这年年末,龙之介的生活上发生了若干大事件。12月1日开始,经一高恩师畔柳都太郎推荐,龙之介就任了横须贺海军机关学校特任教官(英语),由此离家过上了寄宿生活。这种新生活开始约莫10日后,12月9日恩师夏目漱石逝世,对龙之介的冲击可想而知。整整一年来,龙之介师事漱石,获益匪浅。在他大正五年十二月十七日致松冈让的信中写道,先生正是"为我们折了寿命"。同时也是在12月,龙之介与塚本文的前述婚约成立。

大正五年也是大戏开场的一年。藏身于大戏中的龙之介在翌年的大正六年新年之际,成为与一流作家比肩的新年号作家。在某种不安与焦躁之中,他开始孤注一掷地投身于《鼻子》的创作。这在一年以前是不可想象的。龙之介的作家生活可谓顺风满帆。但也作为创作者尝到了最初的苦汁。

前面已经提到，芥川初登文坛的第一部作品亦即非常重要的作品，一度选定为《偷盗》。由此事实不难推测，龙之介对《偷盗》的主题已有非常深入的把握。为此他又重新开始执笔《偷盗》。《手巾》则作为"文坛入场券"发表于大正六年（1917年）《中央公论》4月、7月号。这部作品也被称作"续《罗生门》"。《罗生门》中的下人武士，那个时节正冲入"黑洞洞的暗夜""急匆匆冒雨潜入京都城中，开始强盗的营生"[1]。不妨说，"黑洞洞暗夜"即下人潜入的利己主义的世界，也关联于仆人的未来。作为仆人后继者，龙之介在《偷盗》中设置了几个不同的人物形象。他们跟仆人一样，过去都是平凡的市井良民。在如今"黑洞洞的暗夜"里，他们却成了畜生、无神世界的一群盗贼。龙之介这部作品的构思是，将分化为复数的仆人安置于作品之中，且以超越我执的形形色色的爱的形式施以救济。就是说，虽被称作《罗生门》续篇，构思上却体现了一种反设定。而结构的勉为其难，描写的稚拙欠缺，加上救济的随心所欲，使龙之介十分不满，构想时的"大理石"，变成了脱稿后的"木纹纸"（大正六年三月二十九日致松冈让）。此败作带给他的是失败意识，使他朦胧地意识到自我的局限。但从另一个角度讲，这部作品也展示了龙之介把握人物与时空的能力，展示了他中长篇作品创作的资质乃至自我感性的直接流出。这些已经超越了芥川文学初期的作品创作法，或者说超越了漱石认定的"那种特定的资质"。

王朝物语系列《罗生门》《鼻子》《山药粥》，天主教系列《烟草与恶

---

[1] 末尾一句"下人的行踪无人知晓"，大正七年七月做了修改。

魔》《尾形了斋备忘录》及《手巾》，再加上他的处女作小说集《罗生门》（大正六年五月阿兰陀书房出版），这些作品奠定了芥川文学的基础。这些作品无论单篇还是短篇，皆被赋予历史小说外表，设定了特殊的感性依据。的确，《偷盗》颇具代表性，外观上既像王朝物语又像历史小说。作品中描写的超越我执的爱，近似于自己对于未婚妻塚本文的爱，不觉间过剩般地意识到自我感慨的流出。在给塚本文的书简中，只能看到一个明朗健康的青年形象，他对年少八岁的塚本文表达了近乎慈爱的深深关切，他对超越我执的爱充满了信心。龙之介对自己作品中自我感情的日常性表露极度嫌恶和恐惧。那也是其历史小说诞生的一大要因。

　　如今，我抓到某个主题便用来写小说。为更好地进行艺术性表现，或需以某种异常事件为题材。说到所谓的异常事件，若是为异常而异常，勉为其难当作今日日本的事件写到作品中，多会令读者产生不自然的印象，结果枉费了好容易抓到的主题……为了避免那种不自然的障碍，我将作品的舞台设置到往昔，我的此类小说大抵从往昔的材料中汲取素材。……我将往昔的故事写进小说，但对往昔却并无太多憧憬。与其说我希望出生在平安朝时代或江户时代，毋宁说我更喜欢生存于当今日本。

　　　　　　　（《往昔》大正七年一月执笔，后收录于《澄江堂杂记》）

　　由此可以明了芥川的历史小说理念。他过度地拥有主题和文体意识，在这种意识下从事艺术活动。他在其文学创作中一举斥离了自我的感性与日常性。换而言之，虽然貌似历史小说，却并不拘泥于描写历史，其

作家题解

主题毋宁说皆具有同时代性或近代性。

处女短篇集《罗生门》刊出后，更是在世人眼中确立了文坛地位。短篇集的出版纪念会由久米正雄、佐藤春夫等发起，在日本桥的鸿巢餐馆举行。纪念会气氛颇佳，江口涣称之为"青年才俊的文坛进发新宣言"。时过不久，新潮社提出了一个新选题，拟刊行一册作品集——新进作家丛书。这套丛书收录的作者包括武者小路实笃、里见弴、志贺直哉等，其第 8 卷刊出于 11 月，收入芥川的《烟草与恶魔》。无疑，此等状况使 25 岁的龙之介感到无上荣光。为此在海军机关学校教师和作家的双重生活中，也感觉到了前所未有的充实。另一方面他也渐渐地预感到身处艺术与现实生活夹缝中的辛酸。10 月 20 日至翌月 4 日，芥川在《大阪每日新闻》（晚刊）发表了自己的第一部新闻小说《戏作三昧》。小说撷取的是与《地狱变》同一个系列的艺术家题材（9 月执笔纳入此系列的小说《沼地》、发表于大正八年即 1919 年）。《戏作三昧》的主人公泷泽马琴的背影中有龙之介形象的闪现。孜孜不倦撰写《南总里见八犬传》的马琴年逾六旬，为创作疲惫不堪。且马琴的苦恼不仅来自写作劳苦，还有世间不负责任的评价、出版业者迟钝的反应和官宪的图书审检等原因。这般现实生活的杂音，令作家的创作意欲衰减。马琴却由孙辈的童言中体会到"恍惚而悲壮的感激"。孩子说观音菩萨说了，"好好学习""不准发脾气""要有忍耐心"。马琴的这般心境，龙之介似在梦中领会。那正是所谓撤除日常性残渣的、艺术三昧境界中的世界。所谓艺术三昧境界，在他的艺术家题材新作《地狱变》中，仿佛到了登峰造极的地步。

翌年的大正七年（1918 年）五月，《地狱变》发表于《大阪每日新闻》。晚刊早刊虽有差异，若说与刊于同一报刊的《戏作三昧》大同小异，或属误解。《地狱变》的主人公良秀，更具能动性地由自己心中剔除了日常性残渣。良秀为画出自己一生意念中"地狱变相图"的致命画面，竟不惜以自己心爱女儿的性命为牺牲。焚死的爱女浮现出"恍惚的法悦光辉"，画家则"欣喜地遥望着断末魔[1]"。从良秀的艺术世界角度讲，他已完成了这幅登峰造极的地狱变相图。爱女之于良秀，是其艺术与现实世界无可替换的唯一的切点或核心，他让爱女成为自己艺术的供品或牺牲。表面上看，这是对于作品的一个理解。没错，芥川在其《艺术与其他》（大正八年十一月刊于《新潮》）有过如下描述。

  艺术家为了创作非凡的作品，有时有些场合会将灵魂贩于恶魔。当然我自己亦无例外。

  良秀达到了自己梦牵魂绕的艺术顶点，他殚精竭虑地将自己爱女的魂魄灌入那部巅峰之作的致命部位。他也认定老爷不会让女儿死而复生。那个凄惨的面容毋宁说具有合力，一举两得。矛盾中的艺术家良秀和普通人良秀同时达到极致。完成了这一事业的良秀，当然唯有自缢。

  由马琴至良秀的激进发展，观念上基于同样逻辑。然而芥川在其遗稿《齿轮》中，不得已登场的主人公却拒斥了良秀的生存方式（与爱女相关部分）。

  这年2月2日，芥川与未婚妻塚本文结婚，在镰仓有了新家庭。时年芥川25岁，文年仅17岁6个月。建立新家时，芥川发表了《戏作三昧》，成为大阪每日新闻社的社友，他努力为家庭创造更加安定的经济基础。为他敞开窗口的是当时的文艺部长薄田淳介（泣堇）。7月，春阳堂

1　临终、临死前的痛苦痉挛。

刊出了他的作品集《鼻子》(新兴文艺丛书第8卷),其中收入末尾部改为"仆人的去向无人知晓"的《罗生门》。此外发表的诸多力作《袈裟与盛远》(大正七年四月《中央公论》)、《蜘蛛之丝》(同年7月《赤鸟》创刊号)、《文明的杀人》(同年9月《三田文学》)、《基督徒之死》(同年9月《三田文学》)及《枯野抄》(同年10月《新小说》)等。之后连载的《邪宗门》(同年10月23日—12月13日《大阪每日新闻》)被称作《地狱变》续篇,却因故中断了连载。

在《基督徒之死》中,芥川欲以"刹那的感动"串连宗教性主题和艺术性主题。《枯野抄》令人回想起漱石的临终场面。那只是芥川有意识的虚构,与事实有着难于想象的间隙。

大正七年充实的文学活动使芥川增加了自信,大正八年(1919年)三月辞去了奉职两年余的海军机关学校教师工作。

他整理了"不愉快的双重生活",开始专心致志地从事创作。

海军机关学校的学生来自日本全国各地,是从数十倍应募者中选拔出来的优秀青年。然而对于懂得文学的芥川,愉快的教师生活似乎并非他的追求,他好像早在考虑其他合适的工作。据说前一年的9月,他就托小岛政二郎留意过庆应大学英文系教授的工作。龙之介颇为动心,事情进展也算顺利。但并非即时补缺,而是新岗位的人事计划,因此年内也确定不下来。芥川已决定辞去海军机关学校的教职,不想反悔。于是考虑去已是社友的大阪每日新闻社工作。他将自己的意向告诉了薄田淳介,结果顺利得到了肯定的答复。这年3月,龙之介辞去了海军机关学校的工作,进了大阪每日新闻社(龙之介曾建议菊池宽一起入社未果)。入社的条件并非有出勤坐班的义务,而是不能给其他报刊写小说,每年须在自家报刊上发表一定数量的小说。除了稿酬,每月有薪金130日元[1]。

在重整旗鼓的大正八年，龙之介将自己的生活归拢到文学创作。但这一年却是明暗交织的一年。从大正五年后半期开始登上文坛的龙之介，在异常活跃的大正六、七年势如破竹，陆续发表了一系列优秀作品，确立了自己重头作家的稳固地位。但过早体验了春天花开的青年作家芥川，在这个时期却意识到了另一个转机。这个时期，也是他真正的价值获得关注的时期。

4月8日，他离开镰仓回到田端的自己家。在此之前，同年1月刊出了他的第三部短篇集《傀儡师》（新潮社刊）。3月，生父新原敏三（享年68岁）患流行性感冒逝世。回到田端的龙之介，模仿漱石的木曜会将会面日改在了星期日，以便专心致志地从事创作。田端的周日会面日形成一个沙龙，汇聚了以"龙门四天王"为代表的新进作家群体。所谓四天王是小岛政二郎、佐佐木茂索、泷井孝作和南部修太郎。会面室屋内，悬挂的一个匾额上写着"我鬼窟"字样，书写者乃芥川一高时代的恩师菅虎雄（《罗生门》题签的笔者、漱石之友）。

返回自己家中的翌月初，似期盼已久，芥川跟菊池宽结伴去长崎旅行。明治末期一度流行南蛮[2]基督教，芥川自己也曾写过《烟草与恶魔》《基督徒之死》之类的基督教系列作品，因此去堪谓圣地的长崎旅行是他多年的梦想。约莫10天的长崎旅行中，他们在名家永见家观赏了长崎绘[3]，访谒了天主堂，充分领略了所谓的南蛮基督教趣味。初次与斋藤茂吉

---

[1] 当时的1日元相当于现在的500—1500日元（大正元年到大正十五年变化很大），因此是挺不错的待遇。

[2] （统治东南亚的）葡萄牙人、西班牙人。

[3] 长崎是江户时代唯一开放于海外的港口城市，木版画多以异国风俗为题材。

会面也是在这个时期。斋藤茂吉当时是长崎县立医院精神科的医生。在给朋友的信中芥川写道,"(我)甚至迷上了这样的生活,每天收集钻石、阿兰陀[1]盘和基督教书籍"(大正八年五月十日致松冈让)。归途,他绕道大阪每日新闻社,兼对入社一事致谢,又在京都观览了葵祭[2],18日回到自己家中。

　　从长崎旅行回来后,他开始创作入社后的第一部作品。如前所述,此时面临着一个重要的转机,入社第一作对他而言非同一般。因为此前已在《大阪每日新闻》刊出了新闻小说《戏作三昧》和《地狱变》,这入社第一作便给他以超乎寻常的压力。读者亦翘首以待鬼才芥川的入社第一作。返京翌日动笔的入社第一作《路上》,从6月30日开始连载。但寄寓了太多期待的这部作品却不幸中辍,至8月8日中断,这部小说一共连载了三十六回。而《路上》的创作关乎芥川专心致志的创作生活,关系其自身的文学可能性乃至范围的扩张。《路上》一改其历史小说的风格,像似一部现代青春小说。有人认为那是受漱石《三四郎》和《其后》的影响,主题也是青年的爱情与自我。规避艺术停滞的新领域挑战却十分脆弱地铩羽而归。且同一年的创作败笔,并不局限于这部作品。他想挽回名誉,将视野放在了现代,但在《中央公论》发表的却是他相对熟悉的怪异小说《妖婆》(大正九年十月)。这部所谓的现代怪异小说也被他看作自己的败笔,佐藤春夫毫不客气的批评更让芥川意识到强烈的失败感。这样的失败意识延续了很长时间,在他自杀后不久得以编集的原版全集(昭和二年十一月至昭和四年二月)中,便"据其遗志未收录

1　荷兰的音译。江户锁国时代,荷兰几乎是日本唯一直接有交往的西方国家。
2　又称贺茂祭。京都上贺茂、下鸭两神社的祭礼。过去每年阴历四月的酉日举行,现今是5月15日。京都三大祭之一。

《妖婆》及《死后》两篇"(堀辰雄)。

入社第一作《路上》中辍,旨在挽回名誉的《妖婆》又是败作。回顾之前充实的创作活动以及全身心开始创作的转机之年,真可谓事与愿违。回顾这一年,"有点儿自信的作品除《我遭遇的事儿》(作者注后改写为《蜜柑》和《沼地》独立的两篇)和《基督教徒上人传》(《大正八年的文艺界》、大正八年十二月《每日年鉴·大正九年版》),没一部像样的作品"。《基督教徒上人传》(刊于同年 5 月《新小说》)与《基督徒之死》是同样题材,出自《黄金传说》(与直接参照书相异)。此外还发表了属于"圣者愚人"谱系的《于连·吉助》(同年 9 月《新小说》)。

的确,在这个时期的芥川在他的创作活动中未能获得令之满意的成果。然而他脱离了窘迫而不愉快的二重生活后,日常生活中又出现了新的风景——周日聚会举办得很成功。出入于周日聚会的人形形色色。其中有一位青年画家竟也深谙俳句。这个青年画家叫小穴隆一,龙之介第五部短篇集《夜来花》(大正十年三月新潮社刊)之后所有的著书装帧,几乎皆出自小穴之手。龙之介称与小穴的邂逅是他"一生中举足轻重的事件"(《一个傻瓜的一生》)。小穴是龙之介一生中的莫逆,他在给儿子的遗书中也写道,须"将小穴隆一视同生父"。

与小穴邂逅之前,龙之介还邂逅了对其一生都有影响的女人。6 月 10 日,他出席了以岩野泡鸣为中心的十日会,在那里遇见了秀繁子。她作为文中人物曾出现在芥川日后的作品中如——"狂人之女"(《一个傻瓜的一生》)、"复仇女神"(《齿轮》)。秀旧姓小泷,毕业于日本女子大学,比龙之介年长两岁,身为人妻,有一个孩子。她也加入了以茅野雅

---

1 *Legenda Aurea*(拉丁语),基督教圣者传记集成,又称《黄金圣人传》,具有很高的信仰与文学价值。

子为中心的春草会,还在太田水穗主宰的和歌刊物《潮音》上发表诗作。她是一位十分活跃的女性,也写剧评。除了十日会,她还经常参加三土会之类的文学家聚会。初次见面,龙之介便对之表现了强烈的关心,5日后两人就单独会面了。在龙之介遗留的当时日记《我鬼窟日录》中,将秀繁子称作"愁人",看得出倾心于彼。当时文已怀了长子身孕。在与秀的交往中,无法忽略一个事实亦即龙之介对文产生了厌弃,因为他渐渐地感受到了文的"利己主义和动物本能"。他在昭和二年写给小穴隆一的信中写道,"所谓的大事件是我29岁时(作者注,大正九年)与秀夫人犯罪了";又写道,"我借去中国旅行之机,总算逃离了秀夫人"。他用了这样的词——"逃离"来描述。秀繁子出现在龙之介晚年的生活中,但应该说是无果而终。龙之介自杀后,秀繁子对文说,"我看了先生发表的遗稿,完全不知晓自己竟给先生造成了那样的烦恼"(芥川文《追想芥川龙之介》)。大正九年出生的秀繁子的次子,据说跟龙之介有相像的地方,显然她是给龙之介晚年带来巨大苦恼的元凶。江口涣在其《我的文学半生记》中也曾写到,"那个女性至少支配了他百分之三十的晚年命运"。

大正八年,龙之介在创作方面败作连连,令之感觉前景黯淡;但日常生活包括与秀繁子的邂逅,却也有明亮的一面。不妨说,这是一个明暗乖离的时期。为修复创作失败带来的创伤,从初秋到翌年初,他开始了新的准备。这种状况下,他发表了《艺术与其他》(大正八年十一月《新潮》)。需要验证的是,其貌似"艺术至上主义的高调"(宫岛新三郎),恰恰证实了大正八年的明暗乖离。事与愿违,他只是表面性地归纳了自己的艺术,做的是粉饰或修缮的工作。他反省自戒,又对外界筑起了一道防卫线,以期东山再起。

大正九年（1910年）一月，春阳堂刊出了他的第四部短篇集《影灯笼》。收录的几乎都是大正八年发表的作品（当然去除了《路上》和《妖婆》）。书名不妨说具有象征性，如实象征了大正八年"影灯笼"一般的艺术活动。不过，他也渐渐由"影灯笼"状况的焦躁中逃脱出来。《舞蹈会》（大正九年一月《新潮》）和《秋》（同年4月《中央公论》）两部作品获得了成功。

《舞蹈会》基于其恢复自信和挽回名誉的企图，是他周密准备后执笔创作的作品。这里的确没有《路上》那样的冒险，但仍旧存在《艺术与其他》中涉及的那种停滞意识。与龙之介之前的许多作品一样，《舞蹈会》的出典也与作品有着极其紧密的关联性。出典正是皮埃尔·洛蒂[1]的《秋天日本》"江户的舞蹈会"。但洛蒂之于鹿鸣馆文化的某种讥讽式视线却消失了。在洛蒂眼中，作为舞蹈背景的欧化政策给人以丑恶之感。龙之介只是将洛蒂关注过的唯一的女性从"江户的舞蹈会"中切取下来，令之更加鲜明地获得再生。作品同化于某种自体虚构的鹿鸣馆文化，却无法感知到洛蒂眼中的那种矛盾。甚至毋宁说，一时忘却了他原本具有的那种倦怠。进而在其"二"类作品世界中，为读者展示了更加凝缩的印象（所谓"二"类，即在同时代评论的批评作用下对原稿做出了大幅修改后的作品）。

旨在恢复自信、挽回名誉的《舞蹈会》，一定程度上实现了最初的目的。于是再度挑战《路上》这类曾经大受挫折的现代题材小说。小说题名《秋天》。因为《路上》造成的心理阴影，他在这部作品中倾注了极大

---

[1] 皮埃尔·洛蒂（Pierre Loti，1850—1923），法国小说家，作品富异国情调，1881年任海军中尉，1885—1891年在中国海域服役，后连续提升，1906年任舰长。其陆续发表的《冰岛渔夫》（1886）及《菊子夫人》（1887）被称为杰作。

的热情。原稿交付出版社后又多次请求修改字句,如实体现了精雕细琢的创作观念。《秋天》展开的主题是信子、照子姊妹围绕表哥俊吉的爱情与自我。小说的情节、结构令人联想起漱石的《其后》。《其后》中的代助出于侠义心,促成了三千代与朋友平冈的婚姻。《秋天》中的信子则在知晓了妹妹爱俊吉之后,主动嫁给了大阪的其他男子,为了成全妹妹照子与俊吉的好事。信子再度来到久违的妹妹家时,却回味了自己对俊吉曾经有过的近乎于爱的感情,与蜜月中的妹妹也发生了感情的冲突。信子离开妹妹的家,决心一去不返,心中却体味了无以言表的秋暮之感。不妨说,《秋天》的题材取自秀繁子。此外据其妻文介绍了一人,在龙之介执笔此作时提供女性信笺、发型相关知识,此人亦即日后昭和二年两度相约自杀未遂的平松麻素子——文的幼时闺友。作品获得好评,给人的印象是开拓了新的可能性,可以料想此举给其风格带来了变化,且让本人恢复自信。芥川本人也说——"自己想写的正是这样的一类小说"(大正九年四月九日致泷井孝作)。

喜上加喜的是《舞蹈会》《秋天》成功后,4月1日长子出生(户籍上是3月31日)。根据菊池宽"宽"字读音,起名比吕志。日后芥川写道:"这小子为何要出生呢?为何要来到这个充满苦难的尘世?"(《一个傻瓜的一生》)但长子的出生令之产生了作为人的自信也是事实。在写给挚友恒藤恭的信中龙之介说,"生儿育女前不能称作完整的人,经验上尚未羽翼丰满"(大正九年四月二十八日)。

为证明自信恢复,也为抹除入社第一作《路上》失败带来的耻辱,龙之介应《大阪每日新闻》(晚刊)和《东京日日新闻》之约,3月30日开始连载取材自《古事记》的重振之作《素戈鸣尊》。这部重振之作并非现代小说,而是选择了安全的、驾轻就熟的历史小说。最初的创作并不顺畅，但中盘开始挽回了颓势。却仍不似预想的那般顺手，写到6月6日四十五回终结。结果，不仅未能在《大阪每日新闻》上挽回名誉，终于自此以后再也未能在此发表佳作。

这一年龙之介还创作了"神圣愚人"谱系之一的《南京的基督》(同年7月《中央公论》)、和母亲息息相通的《杜子春》(同年同月《赤鸟》)和《阿律和孩子们》。比较前一年的挫折，虽然《素戈鸣尊》再度折戟，这一年的创作在大多数人眼中，还是实现了某种复归。

大正十年（1921年），他以《山鹬》(《中央公论》)、《秋山图》(《改造》)等作再度成为新年号作家。这对龙之介此后的生涯，又是决定性的一年。原定3月由新潮社刊出其第五部短篇集《夜来花》，但在此之前的2月20日，他突然被唤至大阪每日新闻社，商谈自3月中旬，特派去中国做大约半年的海外观察员。龙之介应承下来，慌忙整理行装出发赴中国。为此只好给出版社提交了撰稿（原本已经承诺给4、5月号杂志写的文章）解约的申请。这样的违约行为，却使归国后的龙之介背负了巨大的负担。

3月9日，上野精养轩举行了特派中国旅行人员的送别会。出席者以菊池宽、久米正雄、山本有三、佐佐木茂索、小岛政二郎等为中心，还有与谢野晶子、室生犀星和铃木三重吉等人。10天后的19日晚，龙之介由东京出发开始前往中国的旅行（预定21日由门司乘船），却因感冒发烧，不得不在大阪下车静养。两三天后好歹退了烧，27日由大阪出发，翌日从门司启航的客船向上海进发。航海中又苦于海上风暴，到上海着陆后便病倒，入院疗治三周以上。而感冒未痊愈又并发干性肋膜炎。住院期间，大学期间的朋友、路透社特派员托马斯·琼斯和西村贞吉等曾到里见医院探望。据说当地报纸天天报道其病情。确实，旅途中住院令人不安。事实上，在他的家信中也述及旅途病倒带来的不安。但另一方面，住院期间他一口气读了二十卷英文书籍，不妨说他也因此摆脱了之前的赶稿生活，体味了某种解放感。

但处在特派员立场，无法一味享受解放感。4月23日出院，他复归特派员身份开始了采风旅行。7月12日结束旅行，踏上了归国之途。归国时的具体路线不详，只知途经奉天[1]、釜山，着陆门司，又从门司返回大阪。在大阪一下车，他便赶到大阪每日新闻社述职。7月20日，回到田端的自家。旅行先后耗时约四个月。

龙之介对中国旅行的想法，从三四年前就有了。芥川对谷崎润一郎渡航中国表现了特别的兴趣，在大正七年秋的书信中他说："我也想去旅行一个月。"（大正七年11月20日致斋藤〈西村〉贞吉）翌年定出了具体计划却未能实现。之后大正九年秋，又试图周密准备。《时事新报》的月评上，久米正雄曾刊文表达了忧虑："今秋中国之行归来后，到底会是怎样一个状态呢？"由此可见，出国前准备的计划是公诸于世的。但这一年的计划仍旧未能实现。芥川的中国旅行正是处于这样的一个背景之下。或许可以说，大阪每日新闻社委派芥川做特派员也是出于同样的考虑。说定后到出发，大约做了一个月的旅行准备，足见其对此次中国旅行的重视，的确是一次充满期待的渡航。在北京他见到自己三中时代的挚友山本喜誉司（文的叔父），表达出对北京颇有好感（可以住个两三年），同时搜集汉文书籍，看京剧，因此产生了满足感。但健康方面的挫折却使他的期待落空。原定在报刊上发表的纪行文不断延误，直到归国

---

[1] 沈阳市旧称。

后才发表了《上海游记》。旅行中的龙之介病病快快，因当地文士名流和在华日侨的欢迎会等连续不断，连日不得歇息。

　　芥川本人也对中国旅行充满期待，结果却所获无几损失颇多。原本就体质虚弱，病后又勉为其难完成行程，体力的消耗可想而知。此次中国旅行后，龙之介的体质跌入下坡路般地急遽恶化。四个月的国外旅行，就是健康的人也疲惫不堪，何况体质虚弱、大病初愈的龙之介。旅途劳顿与艰辛不难想象。同时长期的海外旅行之后，按常理需要一段时间的静养调理。然而匆匆忙忙返回家中的龙之介，却没有调养旅途劳顿的时间，8月初便在不良的身体状态下开始撰写《大阪每日新闻》约稿的《上海游记》（发表于8月17日至翌月12日）。本来约定是从中国寄稿的，因而是必须补做的工作。另外高浜虚子约稿，请他在下岛勋编集的《井月句集》中作诗，他也只好亲赴镰仓全面配合。下岛勋是主治医生也是俳句诗友。9月开始，龙之介体重锐减，经常卧床不起。10月去汤河原温泉静养约三周，多少获得了一点儿休息。但神经衰弱的失眠症没有改善。11月开始又届往年一样新年号作品的执笔期，忙不胜忙。从他的健康状态上讲，本应辞退相关约稿。但因3月匆忙旅行中国而造成过违约，却使循规蹈矩的芥川无法再次拒绝。11月开始到12月上旬，龙之介在病痛中专注于约定的稿件撰写。日后曾有这样的记述，"我神经衰弱最严重的时期是大正十年年末"（《病中杂记》，大正十五年二月）。

　　龙之介一边承受着肠胃失调、痔疮、神经衰弱造成的失眠症，一边完成了新年号作品。结果颇具讽刺性，大正十一年竟是他生涯中的好年头，作为新年号作家，这年刊出的一系列作品堪谓华丽。

　　如《竹丛中》（《新潮》）、《俊宽》（《中央公论》）、《将军》（《改造》）、《诸神的微笑》（《新小说》）、《江南游记》（《大阪每日新闻》1月

1—2日·13），另外还刊出了近十篇文章。也许从撰写新年号作品的条件上讲，乃是处在极端恶劣的条件之下。结果很多作品超出了杂志作品的水准。如前所述，如此华丽、风光的新年出场令人意外。同时不妨说，他之前的创作方法也获得了新的扬弃和证明。

中国旅行和其后的疾患，无疑在龙之介的精神层面造成了深刻的影响。不用说，也会给他的创作风格带来变化。

> 无论对于怎样的天才，艺术活动都是有意识的……轻视或蔑视技巧，无非有两种情况：一是自始不知艺术为何物，一是给技巧一词添加了不良的含义。

这是他大正八年《艺术与其他》中的主张。他还说过，"艺术家应不厌其烦地钻研技巧"。有意识的艺术活动和对技巧的研磨，产生了芥川式的小说。但这种艺术观却使主题和文体的分寸感崩塌。就是说，对自我、对作品的过度区分造成了精神紧张感的衰微，从而使作品的创作远离了活生生的自我形体与生命，最终淡化了艺术创造的意义。在其风格的变化中，保吉物系列小说的创作乃是缓缓的诱因——出现过去自我素材的"芥川式的私小说"，最终触及的则是《点鬼簿》中展示的世界。大正十一年可以说是一个过渡期。《斗车》（同年3月《大观》）一作，则描写了少年时代的良平，描写少年良平冲进夜幕拼命地往家奔走，描写那种看不见山路的烦恼与疲劳。良平这个形象毋宁说体现了龙之介特定时期的心象风景。堀辰雄曾将《六宫公主》（同年5月《表现》）评价为"历史小说中的集大成之作"，这是芥川始自《罗生门》的王朝物语中的最后一篇。此外有《长崎小品》（同年5月《周日每日》）、《阿吟》（同年9月

《中央公论》)等基督教题材小说,作品关注的并非风流逸事,而是深化了的一个主题——内在的苦恼象征。

4月末至5月,芥川再游长崎(且觅得一尊终生敬爱的马利亚像)。11月8日,次子多加志出生(依小穴隆一"隆"字读音命名,昭和二十年四月十三日战死),喜不自禁。而病魔一直侵蚀着他的身体,年末甚至到了离开睡眠药便难以入眠。他在给真野友二郎的信中提到"神经衰弱、胃痉挛、胃炎、比林疹、心动过速"(同年12月17日)。此状况下,好友小穴隆一右脚第四个脚趾(翌春发展到脚踝)坏死做了截除手术,龙之介闻知哀痛不已。同年7月,龙之介初次到我孙子拜会了志贺直哉。当被问及撰稿休止期,回答是拟"休止冬眠"。于是拒绝了此年度的"三四篇"新年号作品约稿。

大正十二年(1923年)新年号,除在菊池宽创刊的《文艺春秋》卷头开始连载的小说《侏儒的话》,没有特别值得一提的作品。同年3月发表的《雏》(《中央公论》)亦属文明开化系列,作品亦关涉《六宫公主》的世界,表现了毁灭的美或旧时代、新时代之间摇摆不定的自我的沉思。此外,同年5月发表了《保吉的手记》(《改造》,后改题为《保吉手记的故事》)。当然,那是保吉系列的第一部作品。在最初的版本中,开篇有如下一段描写——

"堀川保吉是东京人。二十五岁至二十七岁,在某地方海军学校奉职两年余。"显而易见,保吉这个人物跟作者有着无限的近似性。进而写道,"我也做个自画像,却无自信"(同年4月13日致小穴隆一)。

但他心里显然有了自画像意识。芥川也曾明确表示,他厌弃将自我的日常性直接搬入作品。由此看来,芥川的创作只是表面上出现了划时期的变化。不过,虽说是自我内心的表现,却并非出自内在的欲求,而

作家题解

是取决于一种自觉意识——手法的尝试。此后7月接到有岛武郎殉情（6月）的噩耗，9月便发生了东京大地震（经震灾后返回金泽的室生犀星介绍，认识了同为一高校友的堀辰雄，后成为至交），这些均在其精神上施予了很大的负面影响。而更加明显的风格变化体现在如下作品中，如《礼仪》（同年10月《女性》）和《小儿乖乖》（同年12月《中央公论》）两篇保吉系列作品，还发表了一篇儿童文学作品《小白》（同年8月《女性改造》），后者涉及了未及深化的犯罪意识问题。但另一方面，读者首先感到的当然是一种倾向于告白的疑意，还有就是隐藏起告白的意图。

诸君不时劝诱——"要写自己的生活，要更加大胆地告白。"我并非不想告白，我的小说或多或少，也有自身体验的告白。然诸君有所不知，诸君的规劝无非意味着，我得以自身为主人公，我得不顾脸面地将自己经历的所有事件公诸于众……恕难从命。/首先高贵的诸君对我生活的底层一览无余，让自己感觉不愉快。其次，那种告白需要牺牲更多的金钱和名誉，那也让自己感觉不快。

（《告白》大正十二年十一月《随笔》，后收入《澄江堂杂记》）

保吉系列作品让读者产生疑意，在龙之介的心中也形成一种压力。前述文章体现了一种制动双方的企图。与其执笔《艺术与其他》时的动机近似，迎来的却是一个决定性的局面，芥川在精神的苦闷中越陷越深。

大正十三年（1924年）四月，他又一举发表了三篇保吉系列小说《文章》（《女性》）、《苦寒》（《改造》）和《少年》（《中央公论》5月）。前两篇是"海军学校"的回想，《少年》则有很大的发展。就是说，《少年》中设定的人物年龄是三十四五岁，写的是已过"而立之年"、鬻文为生的保吉，到了这个年龄才明晓了礼仪的真谛。这里不单是年龄增长了四五岁，从回想中的海军学校时代到"不谙世间苦难的""三十年前的幸福"场面，龙之介一气回溯二十余年，直至四五九岁的少年时代，且在结章六中说到了母亲。不过绝非此前不写母亲。在《偷盗》（大正六年）《女人》（同年9月5日《解放》）、《杜子春》（同前）、《阿律和孩子们》（同年10月）、《母亲》（同年10月9日《中央公论》）和《小儿乖乖》（大正12年）中都曾写到母亲。但距离感各不相同。不可忽略的是纪实中亦有虚构，被认定为自画像延长线上的作品，则增加了厚重感。开始于《保吉手记》的那种上溯，终于使作者发现了活生生的自我，龙之介被动地退防至此。芥川的文学，为读者剖现了一处深深的伤痕。

保吉系列作品加深了一种风格变化的印象。大正十三年发表于《新潮》新年号的《一块地》，则为读者展示了另一个方面。这部作品以农村为舞台，以写实性的笔触描写了姑嫂两位女性。同时代论者好评如潮，尤其正宗白鸟的盛赞令龙之介心怀感激，这是漱石盛赞《鼻子》以来的首次获赞（日后正宗白鸟认为此作与《地狱变》齐名，堪谓芥川文学的最高杰作）。此外也有评价称这部作品实现了"写实的极致"，或可称之为客观小说。自然主义阵营亦持好意，认可了这部作品。人们产生了一个印象，龙之介的作品风格还会发生更大的变化。《一块地》发表三个月后的作品，正是前述三部保吉系列的作《文章》《苦寒》与《少年》。

这年夏天至翌年夏天，龙之介倾心于一个女性。她是爱尔兰文学学者、歌人片山广子［松村峰子，明治十一年（1878年）出生］。这年夏天，龙之介第一次去轻井泽避暑，住鹤屋旅馆。想必在这里与广子亲近交往，产生了恋爱感情。在大正五年六月的《新思潮》上，龙之介写过介绍片山广子短歌集《翡翠》的文章，因此早知其名。翌夏以"别了，我的抒情诗时代"这样的方式斩断了自己对她的倾慕。龙之介又在《一个傻瓜的一生》中写道："他遇见了才力上无逊于己的女性，写了《越人》等抒情诗后，权且摆脱了此次危机。"《越人》（大正十四年三月《明星》）和四行诗存留于世。那里封存了龙之介对广子的恋爱感情，所谓"摆脱了危机"。在其身边感知了恋情来龙去脉的是堀辰雄。其处女作《鲁本斯的假画》，就写到大正十四年夏的轻井泽，写到了龙之介、片山广子与堀辰雄本人的交游。始自《圣家族》的一系列作品，构成作品核心的人则是与他们一同出游的片山的女儿总子（宗瑛）。

大正十四、十五年（1925、1926年），龙之介的健康状况日趋恶化，创作意欲衰减，佳作寥寥。始自保吉系列的自我人生回溯与告白成为唯一的牵引，《少年》一作的发表打开了新局面。但这部作品只是一味地探究自己的生命根源，外表是一种回溯甚或加了个小标题"精神风景画"，但对半生的描述却言不由衷。素材的时间性配置是直线式的，依据小标题描述了自己的过去。不同于以往的是回溯中时隐时现的人为操作十分露骨。这里将自己定位于中流下层阶级，展示了某种伪恶趋向。（无可否认的事实是或有某种逆转，作品的暗影成为日后名作《一个傻瓜的一生》和《齿轮》的引子。）在此意义上，《海滨》（同年9月刊于《中央公论》）是充分写实的作品。大正五年在他印象中，是其人生最绚亮一个时期，构成这个亮点主题的正是其滞留一宫的经历。这个主题在前月的作品《微笑》（同年8月《东京日日新闻》）中已出现。继而在副标题为"续《海滨》"的小说《蜃气楼》（昭和二年）中亦有涉及。一宫滞在的主题浮现于这一时期的创作并非偶然。龙之介借"抒情诗的创作"暂且摆脱了片山广子引致的感情危机。在疲惫困顿的生命状况下，每每念及于此，想必便回想起过去最灿烂最幸福最充实美满的在一宫滞留的经历，体味着瞬间的幸福感。

这年秋天祸不单行，遍体鳞伤的他又受到俗世问题骚扰。大正十二年（1923年）开始，兴文社委托他编集《近代日本文艺读本》（全五卷）。原本的计划是将此书作为中学生（旧制）读书的辅助教材。编集作业中，"实心眼儿的芥川可谓殚精竭虑"。同年11月好歹刊行，实际到手的稿酬微乎其微，世间却传出谣言称芥川"中饱私囊"。据说他只好弄来好多"三越商品购物券"发给诸作者。此等由于版税分配问题酿出的苦汁，使他身心疲惫到极限。他在信中写道"小生2月前后的失眠症未能痊愈。失眠两晚，第三晚疲惫不堪睡是睡了，第四晚又是彻夜不眠"（大正五年一月二十日致佐佐木茂索）；在《病中杂记》（同年1月《文艺春秋》）中又说，"缩在被炉中，竟有一种心神恍惚的感觉"；类似记述真切表现了龙之介当时的状况。他又这样描述了自己的心境，"我在那般黯淡中感受着奇怪的兴奋，仿佛在与自身战斗一样，蒙头推着一辆货物车前行"。这是其《年末一日》（同年1月《新潮》）结尾的一段描述。在那般"黯淡的"人生中仍残留着与"自身战斗的"气力。

大正十五年（1926年），龙之介体验了无以纾解的困境，可以说这一年他在生与死之间激烈地摇摆。也是在这个时期，他对青年时代一度接触的基督教有了积极的关心。他通过无教会派基督教信徒室贺文武接近了基督教。室贺文武曾是耕牧舍的雇工，当时勤务于美国圣经协会。3月，龙之介开始阅读室贺给他的一部新译《圣经》。由此可以看出龙之介执拗的、对于生命的执着。虽已感知了毁灭征兆，但有一线生机仍希望活下去。他也尝试改变自己的生活环境。1月中旬开始，他去汤河源静养了一个月。4月下旬开始，他又在妻子文和前一年7月出生的三子也寸志

（根据恒藤恭的"恭"字发音命名）陪同下，在鹄沼的东屋旅馆过了一个月的静养生活。但令之无法承受的是，在鹄沼，来客的人数是东京的三倍。体力不支，约定的讲演会也只好请人代理。晚期的生活多在鹄沼，7月租了东屋旅馆的一套别墅（三室），开始与文、也寸志过上"一人一个西洋餐碟的生活"（芥川文语），芥川也感觉，像似跟"妻子过上了再婚"的生活（《一个傻瓜的一生》）。对他俩，这是在镰仓度过新婚生活以来的第一次。他是想离开养父母家，尝试跟妻子单独一起生活。在"离家出走"一般的鹄沼时代背后，想必有过某种痛切的感受。这里无疑能够感受到龙之介对于妻子文的体谅。文十七岁结婚围着灶台转，默默照料了三个老人。执笔《点鬼簿》以后，对于已然决定自杀的他，26岁的妻子自然可怜。6月上旬，龙之介和文去汤河源旅行，住了一晚。这次旅行也成为两人最后的诀别。由这些行动可以感觉到，鹄沼生活的深处存在着龙之介对于妻子文哀伤、痛切的体恤。（如所周知，自杀一周前，他还带文出去给她买了一块金表。）

6月，耗时一个月的《点鬼簿》（同年10月《改造》）脱稿。保吉系列回溯过去，"始自于记忆"（《追忆》同年4月—昭和二年二月《文艺春秋》），止于文笔创作的自我现在。不妨说，《点鬼簿》填补了最后的缺失部分。"始自于记忆"的以前的部分，指称的是出生以来生命的根源部分。关于自己的出生，龙之介一直执拗地试图隐匿。毋宁说在《点鬼簿》这部作品中，龙之介是在死的牵引下，探寻了自己的生命根源，试图对生命的意义进行重构。短短约12页的追忆作品，却异常地耗时耗日，最后自泄天机，"如文字所示，额际汗流，真格连一行也写不出来了"（葛卷义敏语），这个事实如实展现了作者写作这部作品时的状态。那是他最后一搏，殚精竭虑，结果却写成了"恋母手记"，局限于原点错搭的人生的再认识，只是一种悔恨的深化。当然同时，龙之介也发现了自己的生命位置，"始终置身于坟塚以外"。这是一个转折点，令之以淡泊的姿势面对死亡。始自 7 月的、孕育了痛切感受的鹄沼生活，可谓一个佐证。

年末的 12 月 9 日是夏目漱石忌辰，传说也是他决意自杀的日子。但他仍在继续《玄鹤山房》（昭和二年一月二日《中央公论》）的写作。（如果"漱石忌辰自杀说"是成立的，不难推测龙之介的《玄鹤山房》中便有充分的绝笔意识。但这部作品非但未能完稿，创作过程中也颇多掣肘。）当月下旬除夕，他让妻子返回了田端，自己却独自留在了鹄沼。当日离开鹄沼的他，没有直接回田端，他"觉得身体不适"，便去了镰仓的小町园，找到其海军机关学校时代的相好、老板娘野野口丰子。丰子是龙之介倾心的女人之一。传说当时他就诱引丰子，"跟自己一起私奔"。

昭和二年（1927 年），他在小町园迎来了新年。初二回到田端自己家中，在家中过了年，便又再度回归了鹄沼的生活。4 日姐夫西川丰家发生火灾，由此而生的问题使之无法继续那种生活。西川是其二姐的再婚丈夫、律师，当时因伪证教唆罪处于失权状态中。火灾不久前西川买了几份保险，因此有放火之嫌疑，最终是 6 日在千叶的土气隧道卧轨自杀。因此龙之介必须承担照顾姐姐一家的责任（姐姐有一个 10 岁的女儿和一个 6 岁的儿子）。本来那是新原家的问题与己无关。但他虽已身为养子，却责无旁贷地在 2 月中旬以前，忍受着病痛折磨东奔西走，包括住房贷款和许多高利贷借款的偿还等。结果错过了一直窥测的自杀时机。这段时间他无暇考虑自己的事情。不可思议的是，这段期间他竟同时有着十分旺盛的创作欲望。在作为创作现场的帝国饭店等处，他完成了《玄鹤山房》（续篇）、《河童》（同年 3 月《改造》）和《蜃气楼》（同期《妇人公论》）等创作。尤其是《河童》，乃一部超过百页的长篇。从一两年前创作欲望衰微的状态看，此期的创作欲望超出想象（相似于大正十一年作为新年号作家异常活跃的时期）。或许，世俗杂事中任其摆布的龙之介却在某种反作用力下将自己的魂魄释放于创作活动中。或者他是一边面对着自杀的欲念，一边靠最后的热情，欲将自己内心的感受淋漓尽致地书写下来。不管怎么说，自杀前半年的创作欲望令人想起的是"残烛之炎（回光返照）"。

3月1日是龙之介35岁生日。此时他在大阪，正为改造社版最初的"一元本[1]"《现代日本文学全集》宣传旅行［5月他在东北的北海道宣传旅行青森公会堂讲演会上讲演，听众中有一个狂热的听者即弘前高中的学生津岛修二（太宰治）］。在大阪，龙之介与佐藤春夫泊于冈本的谷崎润一郎宅，不胜愉悦。一日晚，他在南地茶屋的介绍下造访了根津松子。谷崎润一郎正好在场，便一起会面。这是谷崎与松子的邂逅，以后二人结为夫妇。一个月后，《改造》杂志刊出了二人的"无情节小说"论争文章，芥川龙之介发表的是针对谷崎《饶舌录》的《文艺的过于文艺的》。龙之介反对谷崎的"结构美观"，强调小说的价值在于"诗的精神"。那也被敷衍为对曾经的、芥川式作品的否定，令人油生悲凄之感。

大阪的宣传讲演旅行结束后返京，他已无意重归鹄沼，另一方面却渐渐开始具体地考虑自杀的实施。当时选定为绝笔的正是《齿轮》。3月下旬动笔，4月7日写到"六飞机"脱稿。脱稿后的龙之介给妻子文留下"别了"二字即赴帝国饭店。他相信与自己相约情死的平松麻素子于此相候（麻素子是文幼时闺友，二人的约会在执笔《秋天》时有所触及）。与

---

[1] 定价一样、一日元一册的廉价全集。始自大正十五年（1926年）改造社出版的《现代日本文学全集》，昭和初期出版界类似全集一度流行，因此得名。

此同时，文也感受到莫名的不安，便跑去附近的小穴隆一家。在小穴家，文见到了平松，她正跟小穴商量对策。事情判明后，第一次殉情计划未遂。但5月又跟平松计划新的情死。第二次平松直接给文写了信，说明情况并致歉。文带人赶到帝国饭店时，龙之介已服药，幸好发现得早未酿成大祸。

> 我当时产生了无以抑制的愤怒，厉声地叱责丈夫。/丈夫当时向我道歉并流下了难得一见的眼泪。/我的愤怒充满郁闷和厌恶。/不论以后还是从前，我从来没有那么当真地愤怒过。
>
> （芥川文《追怀芥川龙之介》）

当时的经过，文回想如上。两次殉情未遂，暂且度过了危机。邀约女人殉死给活着的人内心带来何等伤害，那种悲哀无以言表（当时的龙之介想必并非不能理解，足见当时的神经衰弱使他的判断力发生了严重问题）。于是他开始考虑"无跳板式的死法"（《给一个老友的信》）。

在《一个傻瓜的一生》（遗稿）中，龙之介对自己的人生做了总结。的确，他曾有这样的记述，"并不想有意识地为自己辩护"；但他又并未直接地写出真相。原本应当"竭尽全力"地描写"真实"，包括自己失败的记录。在这种状态下，他又开始执笔作为"我的基督"论的《西方之人》。如所周知，晚年的芥川开始接近基督教。《西方之人》将基督规定为一个媒体工作者、一生苦于"永远守护"或"永远超越"之二律背反的苦行者。当然，他自己的人生也有着对立的两面，抒情·优情和理性·知性。如此看来，龙之介便利地由基督教发现了自己的近似性。同时值得注意的是，他或许是将"同伴者耶稣"生拉硬扯到了自己身边。

那是不让任何外人产生痛苦的跳板。

7月7日《西方之人》脱稿。未能完全表达的部分，写在了《续西方之人》中。24日凌晨未明，《续西方之人》完稿后，他在自己家中服用致死量的巴比妥自杀身亡。在其枕边，放着执笔《西方之人》时用过的、打开状态的元译《圣经》[1]。

> 丈夫死时，我曾自言自语说，到底在劫难逃。/ 我看着丈夫安详的脸（我真的是这样感觉）说，/ "他爸，这样就好了。" / 我真的说了那样的话。/ 听我那样说，也许有人会想，这个女人无情无义。但我却想，活着让丈夫那样地痛苦，事已至此或许只有这个形式才能使他获得解脱。/ 在趋近死神的日子里，他一直处于精神和肉体的折磨中。现在多好。他已获得了安详，逃离了痛苦。
>
> （《追怀芥川龙之介》）

文的这种感怀，代表了思念芥川的人们的共同心声。

芥川龙之介自杀的新闻，在第二天新闻报纸上被破格地大肆报道，事件震撼了整个日本。龙之介享年35岁。虽说是赍志而殁，亦可谓之为油干灯尽。

---

[1] 又称明治元译《圣经》。明治时代由耶稣教徒传教士翻译的日语《圣经》。

作品鉴赏

《大川之水》

这部作品执笔于明治四十五年（1912年）即大正元年，大正三年（1914年）以柳川隆之介的笔名发表于《心花》杂志。

芥川文学的始源在何处，说法不一。但至少有一个共识，要正确把握、理解芥川文学，就有必要回溯《罗生门》以前的创作——亦即他初期的诸多习作。那些作品不仅构成了芥川文学的基底，也将他的作家资质显露无遗。作家在为自己的文学定位时，常常会以"虚构的生命形态"深深地掩藏自己的"真实生态"。

龙之介生于筑地[1]居留区，却因母亲精神失常，而被寄养在了"大川附近的小镇"本所，那是母亲的老家。龙之介在那里成长，中学毕业后即明治四十三年秋，移居至"山手郊外"的新宿。这便是《大川之水》的舞台。

"自己"在离开"大川河边"的"三年间"，"每个月都有两三次"，由移居处的郊外"眺望大川之水"。因为自己热爱大川之水，在那里留下了太多"令之怀恋的思慕和追忆"。他在那里感受到灵魂的平静，那也是

---

1 填筑地、人造陆地。

逃离日常性喧嚣、遭遇自己真实生命的唯一场所。就是说，只有站到大川河畔，才能同时相遇或发现自己的真实生命。对于龙之介，大川河边是10岁前的生活场所，大川之水或许是一种特别的存在，那是其幼少年时代的说话对象或唯一的灵魂抚慰者。对于年近20的芥川，那种关系丝毫未变。换言之，作为凡常存在的自己的家乃至家人，从未使他感受过精神的安定与充足，却显现一种异样的风景。从自己幼少年时代起，家人的所在就不是其精神解放的场所，同时缺失的是完全无私的母爱。因此他将自己的喜悦、哀愁寄托于大川之水。不妨说那种寄托缘自自己幼少年时代悲凄的智慧。事到如今，他仍旧无法在日常性中发现自己的安身立命之所。《大川之水》并非单纯关乎其幼少年时代的追忆，而是拥有生命力的现今的灵魂解放之地。

简单地将"自己"看作芥川本人，显得过于乐观。但毫无疑问这里有芥川的影子，由此可以发现他原初性的生命形态。

作品开篇写道，"自己出生于大川附近的小镇"。芥川这部作品由出生的虚构开篇，那里是自己的始源或原点。"大川附近的小镇"并非他的出生地而是成长地。也许这样虚构的深读没有必要。然而，自然而然，此时或将联想起《点鬼簿》开篇的一段，19岁的他若是没有忌避出生和母亲的心理，也就不可能出现那般虚构。

芥川还在《大导寺信辅的半生》中写道："为知人生并非观望街头行人，毋宁说宁愿由书本知人生而后观察行人。"难以想象的是对芥川而言，书斋和大川的对峙到底具有多大意义？由《大川之水》感受到"死的气息"，毋庸置疑唯有从人的心中或自我的内在精神中才能产生那等感触。书中人生凝视的是灵魂的解放或赤裸的生命，此时才可能产生真正的人生。不幸的是，母亲的精神失常造成了两个家——娘家和养家。这样的家庭境遇使他的生长环境动荡不安。对他而言，摇荡其灵魂的，毋宁说并非关联于母性的家而是大川之水。如下推测或许并非误解，芥川在《大川之水》里无意识中追求的正是永远的母性。

作品无形中展现了内在的感伤（当然无可忽视的是，作为书斋派作家，其后半生展示了一种学究式的文笔风格）。芥川青年时代喜好的是短歌而不是俳句。从他的心灵风景上讲，他希望"永远告别感伤式的文章及和歌"（大正三年十一月十四日，致原善一郎）。着眼于此，《大川之水》的价值或分量不言而喻。正因如此要理解芥川文学，关注其初期作品非常必要。大正三、四年，他已十分清楚自己该做什么，他开始在自己和自己的作品间插入令人晕眩的缓冲物。除《大川之水》，在一系列初期习作如《老狂人》《死相》《日光小品》和《义仲论》中，留下了后日芥川十分厌弃的、浓重的感伤性阴翳。芥川在其绝笔《西方之人》中，将自己一生归纳为"永远的超越"和"永远的守护"。这种内在的感伤亦即抒情，与书斋式空间产生的知性或理性不妨说是相克的。

《罗生门》

读书行为的命根，在于文本如何启动物语。进而言之，某个文本作为古典越发厚重，就越会在时代、国境或言语文化的意义上形成超越或越境，更会在超越性别、年龄的意义上编织出超凡的物语（故事）。不妨说，那正是堪谓古典的文本多层性发挥的作用。芥川龙之介的《罗生门》被称作国民性作品，因而也具有所谓古典的多层性或多重性。

川岛幸希说过，"在现今的高中一年级必修科目《国语综合》教科书（九社发行，古典篇除外）中，统统选登了《罗生门》"（《国语教科书黑市》，2013年6月新潮新书）。就是说受过中等教育的国民，无一例外地知道《罗生门》。这样的教材出版长期以来，似已成为一两家出版社的专利。所以将《罗生门》称作日本国民耳濡目染的国民性作品之一，绝无言过其实之虞。不妨说，证实了这个事实的正是芥川文学蕴含的多重性，也可以说，《罗生门》获得前述定位，乃因拥有多重性必需的所谓原型。的确，在芥川文学批评史上，关于《罗生门》的评价可以追溯到作者的自杀，记述至作者与吉田弥生恋情破灭后的一个时期，作者自己的如下言说也早有共鸣，"自我主义的爱无法逾越人与人之间的屏障，亦无法疗治人类无以躲避的生存苦恼与寂寞，放弃了自我主义或利己主义的爱，人的一生才能脱离苦难（中略）但我却对脱离了自我主义的爱的存在持有怀疑（我自己就是一个例证）"（大正四年三月九日致恒藤恭书简）。这里，显然涉及一个决定性的我执主题。菊池宽在《银座的镊子》中提到，以我执（自我中心）为核心构筑行动理论的人面对的是阴惨的人类现实。又说，无论怎样华丽地武装表层部，深口暗壶中摸蛇的感触都令人毛骨悚然，那里似有源自生存本能的不洁的积水。总而言之，有关《罗生门》的解读，主流正是如下一种论调，即作者探究或揭示的是人们不愿触及的人类存在。川岛幸希也在《另一个教科书问题》（2013年9月《波》）提到，"已有定论的小说[1]还存在一个很大的问题。那就是作为教科书篇目究竟妥当与否。这些所谓的定论小说存在一个共通的问题，即大多给人以阴暗感觉、透着尸臭且结局无可救药之感"。川岛一类的论者，曾经那样理解物语或故事。然而如所周知，随着研究的进展尤其是从20世纪80年代开始，对国民性文本《罗生门》的解读拓出了新的视域。

---

[1] 论者注：《罗生门》《心》《舞女》等。

在此之前，关于《罗生门》的主题论，"一般认定文本中存在虚无与老成的要素且不难发现阴翳主题"[1]。但 20 世纪 80 年代，一些研究则认为那是"充满积极意欲的作品"[2]，关于仆人的评价则变成"大胆的行动者"或"通俗理念下无法解释的"人物；而且认为，作品体现了芥川"焕发青春、打破生命闭塞状况的新的出发"[3]。更有论者解读为，那是一种"自我解放的呼喊"（宫坂觉监修《芥川龙之介作品论集》第一卷·浅野洋编《芥川龙之介〈罗生门〉》，2000 年 3 月翰林书房出版，收录的三篇重要论作值得关注）。事实上，新的读解也是西洋文艺批评理论带来的成果之一，研究发现了《罗生门》蕴含的多重丰饶性。

《罗生门》问世于 1915 年（大正四年），2015 年已过百年。近 30 年来的《罗生门》解读，无疑给我们带来了一些震动，那样一种地壳变动增加了《罗生门》的魅力，也使芥川文学的魅力大大增加。不妨说，前述震动也使芥川文学的国际性、现代性和古典性日益明确。沿着这个方向，论者们发表了一系列论文如《作品与鉴赏〈罗生门〉》（《Spirit 芥川龙之介——人与作品》，1985 年 7 月，有精堂）、《〈罗生门〉——异领域出发·视野中的〈门〉（漱石）》[4]《芥川龙之介的陀思妥耶夫斯基·体验·地平潜入·〈罗生门〉的关联性再审》《芥川龙之介的文学战略与音乐性——紧张、弛缓、速度、反转乃至多重性、多声部音乐》等。将以上论考纳入

---

[1] 关口安义《芥川龙之介实像与虚像》，1988 年 11 月，洋洋社。
[2] 笹渊友一《芥川龙之介〈罗生门〉新解》，1981 年 10 月，《山梨英和短期大学创立十五周年纪念国文学论集》，笠间书院。
[3] 首藤基澄《〈罗生门〉论——以仆人的行动为中心》，1982 年 5 月刊于《方位》。
[4] 海老井英次、宫坂觉编《作品论芥川龙之介》，1993 年 12 月，双文社。
[5] 刊于《玉藻》2007 年 3 月，菲利斯女学院大学国文学会。
[6] 刊于《玉藻》2013 年 3 月，菲利斯女学院大学国文学会。

视野,可期待《罗生门》解读的新的可能性。

1. 主题论之刺和作为愉快性小说的《罗生门》

《罗生门》主题论中有根木刺。这是新读解的一个起点,不妨说也是《罗生门》批评问题的原点之一。且看"那个时期的自己"[《中央公论》1919年(大正八年)一月]中的一节。

> 打那以后,在这间象征自己头脑一般的书斋里,当时写的两部小说是《罗生门》和《鼻子》。在这些创作的约莫半年之前,自己曾深陷一次泥潭般的恋情中,在那次恋爱问题的影响下,一旦独处便意气消沉。所以,自己才希望创作尽量远离前述状况的、状态相反的愉快的小说。首先写出的前述两个短篇取材于古典名著《今昔物语》。说是两部,事实上只有《罗生门》获得了发表,《鼻子》却中途辍笔暂时搁置。《罗生门》的发表,托当时《帝国文学》编辑青木健作的福,总算顺利地获得了出版。但在六号铅字的批评栏却无声无息。不仅如此,久米、松冈、成濑等文友皆喝倒彩。

如上一节,以"二"的形态在《中央公论》(初版)获得发表。日后的单行本却没有收录。就是说,与记录漱石会面的"六"[1]一并被删除,现存作"别稿"处理。前述"二"长期以来被研究者所忽略。当然,前述作品正是所谓的愉快的小说。但很少论考触及前述言说。即便

---

[1] 芥川如下言说记述道:"开始我是十分紧张的。""去过两三次,还是感觉不安。夏目先生给人的感觉充满了人格魅力。——我也坚信,发表的小说若被夏目先生否定,那么无论何等杰作都没法获得肯定了。"

触及,也是蜻蜓点水。长野尝一早有如下言说:

> 芥川曾说为调治人生郁滞,由古典取材,割离现状,尽量写愉快的小说。毋庸置疑,《鼻子》达成一半前述目的。作品底部沉淀着郁愁与悲伤,却也有幽默的一面。但《罗生门》无论怎么看,都不能称作一部愉快的小说。
>
> (《古典与现代作家·芥川龙之介》,1967年4月有朋堂出版)

这样的愉快小说论,却像《罗生门》论评中的一根木刺长期存在。当然长野的前述言说具有一定的说服力。那么,为何日后被删除了呢?在《那个时期的自己(二)》(初出《中央公论》稿)中写得明白。

《罗生门》的解读,不时跟吉田弥生的失恋事件纠缠在一起。事实上,《罗生门》实质性的构想起笔,确与失恋事件有很大关联。芥川的言说无可置疑,他说"半年之前,自己曾深陷一次泥潭般的恋情,在那次恋爱问题的影响下,一旦独处便意气消沉";接下来的言说也无可否定,"自己希望创作尽量远离前述状况的、状态相反的小说"。通过这样的文脉,我们必须认真考虑的是究竟以何种方式"尽可能撰写愉快的小说",关键词正是愉快。换而言之,作品解读究竟有无必要关注文脉?这里存有解读《罗生门》的分歧点。无须反复强调的是,解读必然涉及二者择一。必须再度确认的是,面对这个文本的多重性和丰饶性,单纯的正负判定有无意义。这里的分歧点正是面向多重性的分歧点,而并非二者择一。这里可以发现的是《罗生门》多重性或多样性读解的一个原点。

那么究竟有无可能依据文脉,照直读解《那个时期的自己(二)》

（初稿）中[1]"尽可能创作愉快小说"的言说呢?《〈罗生门〉——异领域出发·视野中的〈门〉（漱石）》》中曾经论及，所谓愉快的实质，可以将所谓"泥潭般的恋情"带来的家庭悲剧、尤其是与伯母蕗相关的恩恩怨怨，归结到一起来分析。需要重复强调的是，支撑其愉快心情方向性的，不用说正是"半年前泥潭般的恋情"，或者说正是某种摆脱伯母蕗管控的愿望。换句话说，所谓愉快的实质，也可理解为从自己身上发现支撑蕗的行动逻辑，以期获得自己的主体性。

另一方面，自然也不能忽略芥川内心的多重性乃至动摇。其实作品初发时论者的看法即如此，谁乃知道《罗生门》的创作背后存在恋爱问题。如前所述，自杀的事实乃后记，主导性的主题则是"不存在离开我执的爱"。那么在此意义上，开篇述及的致恒藤恭书简［1915年（大正四年）3月9日］[2]功罪莫大。而这个时期的芥川，覆盖其内心的不可能仅是此般认识。以前曾多次言及，在这个书简执笔时期的前后，他的致友人书简里也时常看得到那般内心的摇荡。那里充斥着人类存在寂寥感的一个关键词正是寂寞，其上层则是人类之爱，芥川摇荡于其间。

恋情破灭是在1914年（大正三年）年尾到翌年春，1914年10月末，芥川由新宿移居到最后的居所田端。此期的芥川内心，展现的是一种积极的高扬。"我喜欢马蒂斯。（中略）我渴求那样的艺术。像沐浴阳光健康伸展天空的青草一般充溢着活力。在此意义上，我反对为艺术的

---

[1] 约莫半年之前，自己曾深陷在一次泥潭般的恋情中，在那次恋爱问题的影响下，一旦独处便意气消沉。所以，自己才希望创作尽量远离前述状况的、状态相反的愉快的小说。

[2] 自我主义的爱无法逾越人与人之间屏障，亦无法疗治人类无以躲避的生存苦恼与寂寞，放弃了自我主义或利己主义的爱，人的一生才能脱离苦难。（中略）但我却对脱离了自我主义的爱的存在持有怀疑（我自己就是一个例证）。

艺术。"[1914年（大正三年）11月14日致原善一郎]又说："我一反过去的倾向，开始对相反的倾向感兴趣。有趣的是这个时期我的内心充满了爱的力量。自己也不知是何原因。"（同年同月30日）此外正是掺杂着恋爱问题的恒藤恭书简（芥川"我已断念"的发言乃是表面上的一个终结）。在翌月（2月28日）致恒藤的书简中，芥川写了恋爱问题之经纬；又在3月9日的发言中称，"我怀疑那种脱离我执的爱的存在"。三天后又在致恒藤的信中写道："事实上我希望变得更成熟更强大，（中略）无论爱还是被爱，我希望生存中感受痛苦的心灵获得慰藉，我希望真正的人的热情之火熊熊燃烧，总之我希望成为一个更有分量且更具人性的人。"4月3日在给山本喜誉司的信中他又写道，"我仍旧处在寂寞的生活之中"，他进而记述，"我正在发自内心地谦虚地求爱。我正在追求自然的、纯朴的、含有最恒久生命力的艺术。（中略）在这样一个短暂的时间里，所有的事象都在心中历历在目——亲人间的纽带何等稀薄、脱离我执的爱之存在何等无望、人类间的相互理解怎样的不可能、面对真实时的痛苦何等强烈、乃至放弃将真实揭示给他人时将带来何等的悲剧？"

由此，遭遇"泥潭般爱情问题"前后的精神摇荡一目了然。这种摇荡时时存在于创作《罗生门》的决心背后。由此产生了前述言辞，"一旦独处，便意气消沉。所以才希望创作尽量远离前述状况的、状态相反的愉快的小说"。

那么将《罗生门》看作前述"愉快的小说"，便无有牵强附会之虞。

2. "越境的装置"（《门》《梯子》）和"越境的物语"（《罪与罚》）

那么在《罗生门》中是否可以发现支撑愉快的、生成如下言辞（"积极的意欲""大胆的行动者""冲破生命闭塞状态的年轻"等）的要素呢？如过去曾经述及的，《罗生门》其实是罗生之门的物语。下面想进一步获得确认。

不难发现,《罗生门》的重要意象是门、梯子、石阶。门出现了24次(包括标题),梯子9次,石阶2次。前述两类,皆为超越境界或越境的装置。

余曾有论,将《罗生门》中的仆人称之为"脱宗助"[漱石的《门》,1910年(明治四十三年)3月1日—6月12日,《朝日新闻》]。

  小说《罗生门》,不厌其烦地将故事展开于平安朝的罗城(生)门。仆人以此门为境界,体验了波澜起伏的情节变化,开始了新的出发。仆人"四五天前被长年侍奉的主人辞退",来到大宅的门(第一门)前,又不由自主地摸到了城门即罗生门(第二门)下。仆人是一个没有人生经验的青年。

进而——

  长期以来,他都生活在主人的大宅之中,他已熟知大宅逻辑,却缺乏自主决断的行动能力。如今的仆人还是长着"大大面疱"的青年,想必小小年龄就进了大宅。大宅是一个现实空间,用围墙将现实社会割离出来,因此年轻仆人的内在精神长期处于未成熟的放置状态。不妨说并非单纯的行动逻辑问题,长期以来主人的意愿便是他所有的行动伦理,他从未想过在行动中介入自己的想法。主人的逻辑、伦理等同于自己的逻辑和伦理,那自己岂不是白活至今?

就是说，青年（仆人）是一个人生的稚子（陀思妥耶夫斯基）。

　　就是说，仆人是在停止思考，进而言之是在思考回路被封阻的情况下，被逐出大宅那样一个异常空间，进而放逐到寒风凛冽的现实社会。长期舒舒服服生活于娇宠逻辑中的年轻人，被迫置身于一个从未经历过的新的视域，因为出了那个大宅的门（第一门）便无回路。就是说从那个时点开始，从今要靠自己守护自己的生命，须完全彻底地自己对自己的生命负责。主人心知肚明，因此给了他四五天的解雇时间。然而可悲的是，仆人未掌握生存的本领，明日复明日徒受主人的恩惠，最后莫名其妙地来到了有第二门之谓的罗生门。就是说，跟漱石《门》里的宗助一样，仆人也来到了横亘人生的重大的边境线前。

　　他终于"走投无路，必须为明日的生计着想"，陷入一筹莫展的境地。至此仿佛是年轻人的特权，他仍旧在明日复明日。"他想找一个避人耳目，能够轻松歇息一夜的场所，在那儿好歹熬到天亮。"

　　　　　　　（《罗生门》——异领域出发·视野中的《门》（漱石））

　　年轻人（仆人）踌躇逡巡，走投无路于门下。这样的仆人形象令人联想到漱石《门》中的宗助。

　　连篇累牍的引用以两个意象"门""梯子与石阶"为中心，旨在《罗生门》的解读之展开。这两个意象其实关联于所谓的愉快。进而言之此般意象带来年轻人（仆人）朝向市民境界线的越境。《罗生门》作为一篇

"年轻人获得行动逻辑的物语",拓展了相关的视域。

毫无疑问,新视点完善了所谓越境物语《罗生门》的读解,即《罗生门》中设置的越境的速度和力学,关联于陀思妥耶夫斯基的《罪与罚》。芥川由陀思妥耶夫斯基获得了很大的文学影响,《罪与罚》对《罗生门》创作的影响无可忽视。

芥川最初阅读陀思妥耶夫斯基的作品是在 21 岁那年秋天。芥川 1913 年(大正二年)9 月入学东京帝国大学英文学科,9 月 3 日读完《罪与罚》。在驹场的日本近代文学馆所藏《芥川龙之介文库》中,可确认四册关联于陀思妥耶夫斯基的书籍,其中一册 *Crime and Punishment*,London,Walter Scott,〔n.d.〕卷末记有 "3rd. SEP.' 13 at Sinjuku" 字样。[1] 当然那是英译。那便是芥川最初阅读的陀思妥耶夫斯基作品(前篇已注明,日译者是内田不知庵;之后述及的芥川书简中亦可见到 "初读陀思妥耶夫斯基" 的字样)。两天后给藤冈藏六的信中写道:

> 返东京后无所事事,读《罪与罚》450 页。心理描写。一草一木皆与主人公心理密切关联。所有描写都是自然的(对此我感到略有不足)。但另一方面,主人公拉斯柯尔尼科夫的个性却表现得十分强烈。尤其是杀人犯拉斯柯尔尼科夫与娼妓索妮娅在烟熏火燎的昏黄烛光下阅读《圣经》的场面(拉撒路复活一节,约翰福音),感人至深。这是自己初涉陀思妥耶夫斯基,非常喜欢。可悲的是英译不多,无法再读其他作品。

---

[1] 芥川一家于 1910 年(明治四十三年)秋,由本所小泉町移居生父敏三家所在的内藤新宿,1914 年末入住。因此 "Sinjuku(新宿)" 是当时芥川的居所。

芥川认为，小说通篇"心理描写"，所有描写，皆与主人公拉斯柯尔尼科夫的"心理密切关联"，所有的描写都是自然的（芥川却感到略有不足）。因此拉斯柯尔尼科夫的个性"表现得十分强烈"。而且，作品给人留下最深印象、最为感人的正是"杀人犯拉斯柯尔尼科夫与娼妓索妮娅在烟熏火燎的昏黄烛光下阅读《圣经》（拉撒路复活一节，约翰福音）的场面"。这个场面位于《罪与罚》的第4部第4节，其解读构成了《罪与罚》阅读的核心。[1]

由前述言说可以理解，《罪与罚》对芥川施予了举足轻重的影响。例如《罗生门》的开篇就已显露痕迹。开篇写道：

某日黄昏，一个仆人在罗生门下避雨。

而芥川文库 Crime and Punishment《罪与罚》的开篇则是：

ONE sultry evening early in July a young man emerged from the small furnished lodging he occupied in a large five-storied house in the pereoulok S——, and turned slowly, with an air of indecision, toward the K—— bridge.

七月初，酷暑中的一个傍晚。一个青年突然由S侧街的楼门里钻出。那里有他租住的小屋。他迷惘地、缓缓地朝K桥方

---

[1] 此期芥川的《圣经》阅读相当深入［参照宫坂觉《芥川龙之介与基督教——以其两面性（天主教义、新教教义）为中心》，1975年4月笹渊友一编《基督教与文学第2集》（笠间书院）］，不难想象《罪与罚》的此般内容自然地引起了他的共鸣。

向走去。[1]

毋宁说，这里有惊人的类似。"某日黄昏"对应于 ONE sultry evening early in July。"一个仆人"（如所周知是一个脸上长有面疱的青年）对应于 a young man。《罗生门》原有"四、五天前"的字样，后做了删改，总之开篇写的是仆人前途迷惘、生活无着、逡巡罗生门下的情状，显然亦相通于如下状况，young man 的 with an air of indecision。而 a young man 之 Poverty and once weighed him down, though, of late, he had lost his sensitiveness on that score，则与仆人同样处在拮据的经济状况中。显而易见，两个文本的开端具有颇多类似性。

内村刚介认为，越境乃是《罪与罚》文本的一个关键词。

拉斯柯尔尼科夫的命题，乃"犯非罪"也。越境（Verbrechen, crime）是犯，但不构成罪（Sunde, sin）。介入犯与罪之间打破前述关系的是拉斯柯尔尼科夫。[2]

至此情况比较明晰，拉斯柯尔尼科夫的越境（Verbrechen, crime）以英译本 Crime and Punishment 为媒介，影响了仆人的越境。

3. 越境的力学和物语的速度——由封闭的物语转化为开放的物语

当然，仆人用右手捂着脸颊赤红、带脓的大面疱，听着听着，仆人心中突然生出了某种勇气。方才于罗生门下，缺少的正是这般勇气。这

---

[1] 据工藤诚一郎日译《陀思妥耶夫斯基全集》（1978 年 5 月 6 日）第 7 卷《罪与罚》（Ⅰ）、第 8 卷《罪与罚》（Ⅱ）译出。

[2] 《陀思妥耶夫斯基》，1978 年（昭和五十三年）5 月 20 日，讲谈社。

勇气比之方才爬上城楼捉住老太婆时的勇气，完全是相反的方向。仆人不再烦恼于饿死还是为盗的两难选择。在他此时的心情或意识中，饿死已完全不在选择之中。

这里，仆人的意识变得明确化、焦点化。

"别无选择了吗？"

老太婆说完，仆人带着嘲弄的口吻说。他往前跨出一步，右手突然离开了捂着的面疱，一把揪住了老太婆的胸襟，继而说道：

"好啊。我要剥去你的衣物。别怪我哦。否则我也会饿死呀！"

仆人三把两把揪去了老妪的衣物。然后一脚将踉跄的老太婆踢到了死骸堆中，三步五步跨到楼梯口，将丝柏皮色的衣衫挟在腋下，一跃隐入了阶梯下的夜幕之中。

这无疑是《罗生门》中最重要的越境场面，由认识到行为的反转场面，也是作品的高潮场面，人生稚子（陀思妥耶夫斯基）的花开瞬间。不妨说，那也是稚子蜕皮，介入人生的场面。这里的描写鲜明，由暧昧、逡巡的阶梯移动向认识的明确化、焦点化乃至行为或行动。芥川的有关《罪与罚》评说（1913 年 9 月 5 日致藤冈藏六），让我们想起了"一草一木皆与主人公的心理密切关联"。物语的力学是磐石。这里的一切都是鲜明的，由心理的朦胧停滞转向认识的诞生乃至具象，行为的诞生又关联于速度的力学——力学加速乃至提速至极限。这正是芥川所谓的 toucting（动人）场面。让我们确认其过程。

作品鉴赏

"倾听"（停滞）→"生出了勇气"（诞生）→"朝相反方向运动的勇气"（反方向性）→"被逐出意识之外"（由暧昧的二者选一转换为单一思考）→"别无选择么"（确认诞生的行动逻辑）→"跨出一步"（身体的诞生）→"右手突然离开了捂着的面疱"（诀别停滞，加速度）→"揪住了老太婆的胸襟"（越境的决定性行为）→"继而说道"（行动逻辑的再确认）→"三把两把揪去了老妪的衣物"（继续加速度）→"一脚将老太婆踢到死骸堆中"（拒斥他者的行为，加速度，越境）→"挟在腋下"（行为的持续履行）→"一跃隐入了阶梯下的夜幕之中"（速度的上限）。

如上所述，由心理的朦胧停滞到认识的诞生与具象，进而到认识所证实的行为的发现和力学的加速度，直至达到极限状况。所有的描写是鲜明生动的。物语的加速和最高档位的加速是一致的。

确认了这种加速过程，问题就更加明确化。例如《罗生门》末尾的问题。如所周知，从初出稿到第一短篇集的《罗生门》稿，进而到春阳堂刊发的《鼻子》（定稿），芥川做过两次修改。就是说，

①→仆人正冒雨赶往京都行盗。（大正四年十一月《帝国文学》初出稿）

②→仆人已冒雨赶往京都行盗。（大正六年五月第一短篇集《罗生门》稿）

③→仆人的去向无人知晓。（大正七年七月春阳堂刊《鼻子》定稿）

那么从①②演化到定稿的③，为何颇费时日呢？前述加速力学提供了启示。①②有效地阻止了加速。值得注意的是，开篇的"仆人在避雨"，有着"雨停了也不知如何是好"的意蕴。而在①②的情状下，仆人变形为"正或已冒雨赶往京都行盗"。从"黄昏"到"黑洞洞的暗夜"的时间过程中，声音和水（下雨）持续不断。撕开此情状的是仆人的行动。在③中声音和水（下雨）的所在不明。这里亦可发见读解的多重性。无须引证的是物语的言说或末尾一行，或向着末尾一行言说。奇怪的是改变生成了多重性解读且使读解变得更加丰饶。

"自己曾深陷泥潭般的恋情中，在那次恋爱问题的影响下，一旦独处便意气消沉。所以，自己才希望创作尽量远离前述状况的、状态相反的愉快的小说。"为了逃离这种状态，创作"不再消沉"的"愉快的小说"，写出"脱宗助（《门》）的物语"，与①②互为表里的加速的力学是不可或缺的。具有讽刺意味的是，正因改稿为③，才诞生了国民性力作《罗生门》。③的结尾是仆人的去向无人知晓，有人非议这样的结尾，使纯朴的加速力学趋于消灭。事实上并非如此。这样的结尾只是实现了远景化而已。由"正在或已经赶往京都行盗"（封闭的物语）改变为"无人知晓行踪"（开放的物语），便产生了多种解读的可能性。"加速的物语"和"我执缺失的爱的物语"，一并支撑着《罗生门》多重性的解读。但是，改变带来的由停滞转向越境或加速度的过程，却并未因此而消灭。

进而言之，其实是反向的顺序。必须确认的是小说开篇的停滞。

某日黄昏，一个仆人在罗生门下避雨。

宽阔的罗生门下，仆人孤零零伫立。朱漆斑驳的粗大门柱上，一只蟋蟀趴卧。罗生门位于朱雀大道。路上行人三三两两。为避雨女的头戴仕女笠，男的顶着揉乌帽[1]。罗生门下却唯有仆人。

《罗生门》开篇如上。如前所述支撑开篇的力学是境界线的发现和停滞。

开篇时间是某日，焦点化时间是黄昏。黄昏对应结尾的"一片黑洞洞的夜幕"，显然呼出了时间的越境。

然后是"一个仆人在罗生门下避雨"。这里的"一"显然使人预感到其后的进化抑或速度，接着有"一匹""一只"（《七段》）"最高""两三人""两三年"（《旧记》）"四五天前"以及"常年"。仆人呼应于"罗生门下"，时空中出现了人。接着以避雨注入了雨声——声音与水。避雨则有等待雨停之意，拓出了其后的时间风景，与黄昏一起令人预想到停滞、过渡与越境（希望、未来）。作者写到"一个仆人在避雨"。然而雨停了仆人也走投无路。灰头土脸的仆人被置于某种表层性的困境中，接着被导入于停滞中的心理阶梯。总之作品的开端，舒缓地画出了一个黄昏的境界线，进而制造了一个等待、雨、停的停滞与希望、过渡与越境的系统。大街上有一处大门，但"门下唯有仆人"（宽阔的罗生门下，仆人孤零零伫立）。扩展余白，读者被诱入文本空间。而其后的"一只蟋蟀趴卧"，则叠加似地将视点焦点化于一只蟋蟀。近乎意外的视点移动造就的表象，是此时此刻的生命存在仅是一只微不足道的蟋蟀，从而加深了仆人孤立性的存在感。其后又执拗地反复强化罗生门下薄暮中孤身避雨的仆人形象。再确认似的写道："路上行人三三两两。为避雨，女的头戴

---

[1] 一种软布帽，始自镰仓时代。多戴于军阵将士头盔下。

仕女笠，男的顶着揉鸟帽。罗生门下却唯有仆人。"在反复表达"唯有仆人"时，芥川的表达是仅有一个假名之差，显然具有强调的含义。[1]

运用反复之类手法，《罗生门》的情节进展形态始于停滞，而后是启动，微动，加速。在前述小说的高潮部变速为高档，从而使过渡或越境得以完成。前述反复中酿出的音乐性，不仅是芥川文学解读的核心，也体现为芥川文学的特质。其中"右颊鼓脓的大面疱"乃是最为重要的反复。[2]

小结：芥川文学的命根，反复性造成的多重性和音乐性

本论对《罗生门》归结是，作品描写了一个内在空虚、对自我存在无有认识的人生稚子的开花瞬间。青年是一个浮游于虚无之中的年轻人，在他者的发现和人生的际遇中产生了人生的意欲，由无机质的暗夜中洞见了未来的光亮，从而勇敢地由逡巡转向决断，进而完成了越境的过渡。文本中，添加了体现音乐性的错位，还有"右颊面疱"的反复描写，然而作者的笔端始终没有偏离主线。错位自然是一种语言艺术的体现，由此生出多重性。

例如，《罗生门》中的"右颊鼓脓的大面疱"，就在作品中反复了四次。

①→他木然地望着下雨的光景，用手不安地摩挲右颊的大面疱。
②→男人的右颊濡湿，短硬的颔须中泛现出红肿的脓疱。
③→仆人的大刀入鞘，左手按住刀柄，漠然地听着老妪述说。当然

---

[1] 在其代表作《鼻子》中也有类似的、仅有一个假名之差的类似的表现。
[2] 《芥川龙之介的文学战略与音乐性——紧张、弛缓、速度、反转乃至多重性、多声部音乐》，2013年3月，《玉藻》，菲利斯女学院大学国文学会。

右手挡在赤红的面颊上，不想让人看见鼓胀的大面疱。

④→他的右手突然离开了面疱，一把揪住老妪的衣襟说……

这里虽有微妙的错位，却执拗地反复描写那面疱。①中轻描淡写地引出了年龄不详的仆人，给人的感觉是十七八岁；②反复展开的是大面疱在右颊；③④则是高潮部的场面。③所反复的是①的"大面疱带来的不安"。但往后的描写中仆人的情状大变。①是"木然地望着下雨的光景"；②以后则是"漠然倾听"，此时显然明确了方向性；③是①②不断重复的右颊，出现了微妙的远景化，在左手、右手的描写中强调了习惯用右手。但这只惯用的右手却始终挡在一个瘆人的、反生产性的异物面疱上。而在最后高潮的场面，仆人则是"跨出一步，右手突然离开了面疱"。这是越境的决定性的场面。惯用的右手乃人生之手，这只手离开了一直难于诀别的非生产性的异物。于是认识转化为行为，越境得以完成。

这里我们了解了区分左、右的意义。那么为何非得是右手呢？因为惯用右手（由"左手按住刀柄"可察知）对于这个年轻人，意味着右手乃生产之手、人生之手或生命时间。仆人的右手在小说结尾部"突然离开了面疱"，正符合越境行为的描写。在开篇黄昏境界线的意识作用下，这个动作非常重要。进而言之，《罗生门》中的前述意象门和阶梯，都是非常重要的境界线。如果说，门和阶梯分别意味着水平的或垂直的境界线之越境，那么在这个系统中，错位、反复、重复则是越境主题的刷新或强化。

村上春树在其《芥川龙之介：一个知性精英的毁灭》（*Introduction-Akutagawa Ryunosuke: Downfall of the Chosen*）中，特别提示了芥川文学

的音乐性。他由《罗生门》解读出贯穿整个芥川文学的音乐性。[1] 就是说，通过一度面临束之高阁命运的、实质性的处女作《罗生门》，可发现芥川文学的祖型。

［译自宫坂觉主编《芥川龙之介与基督教——多声、交叉、越境》（日本翰林书房 2014 年 4 月 6 日初版）、第 10—26 页宫坂的《罗生门》新论，原标题为《〈罗生门〉——作为芥川文学祖型的多重性的物语性构造》。］

《鼻子》

《鼻子》刊于大正五年二月第四次《新思潮》创刊号，是以笔名芥川龙之助（目录上是龙之介）发表的作品。《作家解题》中已经提到这部作品的创作是在怎样的状况之下。这里再作简单回顾。当时龙之介的创作心态，是处在一种焦躁的感觉之中，因为他的文友们已在文坛崭露头角。自信满满地创作的《罗生门》竟无有反响。失意中，他也开始考虑文学以外的人生，适逢此时在朋友的邀请下参加了夏目漱石的木曜（周四）会。木曜会的出席使芥川得以重生，他越发强烈地感受了漱石的魅力，重新点燃了心中的创作欲望，他不再对朋友抱有奢望，而希求让漱石来判定自己的文学才能。毕业后半年闲赋，4 月底以前必须提交毕业论文。龙之介却将毕业论文置诸脑后，心中惦念着漱石，专注于《鼻子》的创作。

《鼻子》在他的文学同人中仍无反响，漱石却给予极高的评价。漱

---

[1] 参照：《芥川龙之介的文学战略与音乐性——紧张、弛缓、速度、反转乃至多重性、多声部音乐》，2013 年 3 月，《玉藻》，菲利斯女学院大学国文学会。

石关于《鼻子》评价的书简,成为龙之介自信与勇气的源泉,在他的创作生涯中时时反刍。如果没有这个时期出席木曜会的经历和漱石的《鼻子》评价,也许就没有青年作家芥川龙之介的诞生,或者说其诞生将大大延迟。

《鼻子》也是取材于《今昔物语》的作品。《今昔物语》中,内供[1]拥有非凡的学识和德行,同时具有世俗寺院运营之手段。长鼻子处置乃日常行为,理由是"奇痒难耐"。可处置后两三天,就又长回原来的样子,称作"凡常有肿物"。患病的时候,鼻子变得小一些。这个故事原典的主题关联于长鼻子的处置。让内供狼狈不堪的则是孩童们的恶作剧。内供呵斥孩童们,警告不要对自己异形的鼻子大惊小怪。孩童们却尖锐对立,不以为然。

芥川由《今昔物语》获得启示,却将彻头彻尾的现代主题写入《鼻子》中。在他的作品创作中,遵循了《澄江堂杂记》(昔)中展开的小说法则。

但对禅智内供或内道场供奉的实质缺乏理解,就无法正确把握世间的评价。比照《今昔物语》中的明确记载——"身净、真言、吉习……"龙之介的人物定位有明显的变化。不妨说世间的评价与现实内供形象间的落差实现了暧昧化。显然并非因为内供奉僧德高望重,二者间的落差便缩小。如果说芥川内心清楚地意识到那般落差,那么就有了"否定英雄、否定美谈"(三岛由纪夫的说法)的可能性。看来他是有意去除了身净的描写。《今昔物语》在内供的表相部设置污点,《鼻子》若在人物的内在心理层面设置污点——将落差明了化,毋宁说对作品反而有负面效

---

[1] 内供是宫中内道场侍奉的内供奉僧之略。一般在宫中内道场读经,祈愿天皇安康等。

果。为此《鼻子》的空间虽然也是跟《今昔物语》一样的内供禅房，却通过间接式的描写将落差变得暧昧化。就是说，将世间的评价和人物的实像通过暧昧化导入作品的世界。

内供被推选为内供奉僧已"年逾五十"，当时已步入老境。内供奉僧被誉为德高望重宗教人，自然意味着一个人的成熟。但实际上，从做沙弥时起自己那异形的鼻子就一直让他心中犯堵。（在《今昔物语》中，经治疗一度心理负担减轻，但说到底内供的鼻子作为身体的一部分存在，不可能令之产生愉悦的心情。）描写中还生动展现了内供心理的不成熟部分亦即心理的变形。世间评价作为一种虚构，亦可看到重叠铺展防卫线中的生命构图，真实得令人屏息。这里展开的当然不是王朝人而是近代人的构图。

世间的评价令内供获得解放，对峙自我的真实生命时当然与身净差之甚远，其行动的核心毋宁说是自我的自尊心或所谓我执。他者与自我的完全的隔绝或断绝，毋宁说关联的正是从他者割离下来的、孤立的或孤立无援的近代人的真实样态。内供的生命样态当然是有问题的。毋宁说，是他自身造成了那种状况。他为了克服自己的不安，固执地抱着自己心理的错觉。而那是镜像，从古至今或在往日的传说中，具有那样的缺陷或障碍者屡见不鲜。作品中的内供是执拗的，因为自己的缺陷，他甚至荒废了作为本职的佛道勤务，郁郁寡欢地期待着恢复自己受到伤害的自尊心。

弟子们建议其接受鼻子的疗治，内供却发挥了狡猾的本性。他内心是怀着期待的，没准儿真能治愈呢。但他却要把事情引导到一种特殊的状况中，好像是在弟子们的强烈要求下不得已而为之。当然也不尽然，他也体恤弟子们每日用餐时的辛苦侍奉。就是说，他也在为他者考虑。但这种虚构的行动逻辑的构筑，却让弟子们的情绪由"反感变成了同情"。

治疗终于顺利结束，内供的鼻子却仍旧"像个大钩子无甚变化"。实现宿愿的他以为"从今不会受到耻笑"。不料发生意外事态。世人竟完全不顾内供"由阴转晴的心情"，比从前更加肆无忌惮地耻笑他。他狼狈不堪，猜不透世人之心。芥川设身处地参入作品，将那般风景称为"旁观者的利己主义"。本来，在过去的生活中处于核心位置的是长鼻子，长鼻子除去之后，理应是人物期待的清净的生活。然而相反，世态却令内供心灰意冷，以至自己的品格也发生了变化。他露骨的行为举止跟高风亮节背道而驰。最终他竟将自己的怨恨发泄到自己曾梦回萦绕的短鼻子上。

没过多久，内供的长鼻子又长回丑陋不堪的原样儿。他又回归了"自尊心深受伤害"的过去的生活。此时内供却轻松愉快地自言自语道，"这下肯定没人再耻笑了"。此时的内供，突破了他人生的最大的危机。实际上再度变回异形的长鼻子，遭人耻笑的可能性大增。至少初次见面的人产生的怪异感不言而喻。可是对于内供，那种耻笑却不像过去那样刺伤他的自尊心。他已经觉悟到，即便克服了外在的缺陷，若是无法克服遭到侵蚀的内在心理缺陷，事态便不会发生任何变化。对内供而言，异形者不是鼻子而是内在的心灵，此即内供的醒悟。对一个人来说，即便拥有外在的缺陷，只要能超越它确立起自己的主体性，生活就将脱离阴翳。内供当时50岁，已届人生黄昏，却初次产生此般感悟。他已登上了内供奉僧职位，成为世人眼中德高望重的宗教人。这样说来，他的觉悟的确太迟了一些。不妨说，内供是通过治疗鼻子的体验，才真正变貌为名副其实的高德僧人。

《今昔物语》中的内供，品德高尚且经营手腕卓越，他的内心已无矛盾，或者说他的自我已达至无须相对化的境地。比较而言，《鼻子》中内供的内在精神尚处在曲折复杂的境地之中。《罗生门》的仆人已具充分的近代人性格，内供的内在精神显然也托付了同样的近代人性。

这部小说的背景，自然是龙之介恋情破灭时的痛切感受。然而他受到这个主题的魅惑，根子里毋宁说与他的出生亦有关联，进而言之，与其母的精神疾患亦不无关联。内供在"日常谈话中，最怕听到跟鼻子有关的词语"；芥川最怕听到的词语则是出生、母亲和精神失常。内供对于芥川，并非处于对极的发现或理应否定的对象，而是处于同极、渐渐趋近的可爱的内供形象。这个时期，芥川实际上与内供立足在同一的视域上，自己却始终不愿提起。真正将内供的视域当作自己的视域认真面对，乃是在创作《点鬼簿》(大正十五年)的时期。

《基督徒之死》

这部作品发表于大正七年(1918)九月《三田文学》，刊于第三短篇集《傀儡师》(大正八年一月新潮社刊)之篇首。室生犀星称之为"基督教系列的标志性之作"，自然是芥川的代表性作品之一。作品的巧妙构思十分传情。进而言之，"刹那的感动"一句，颇有艺术至上主义宣言之意味，作品自然占有重要的地位。那么诸般评价的重点到底在哪里呢？称之为重要代表作是断然不错的。

《基督徒之死》典出于斯定筌[1]翻译的《圣人传》[明治二十七年(1894)初版，明治三十六年(1903)再版，秀英社出版]中的《圣

---

[1] 斯定筌（Michael Steichen，1857—1929）。

玛丽恩》，此语译自雅各布斯·德·瓦拉金[1]著《黄金传说》（*LEGENDA AUREA*，13c）中的《圣玛丽娜》。如所周知，雅各布斯的《圣玛丽娜》是一部素朴、简洁的作品。芥川在其创作中借鉴了宗教书籍《圣人传》中的宗教与审美意识。那么宗教故事如何才能成为艺术呢？或者说，作者的构想是否能在作品中得到贯彻？《基督徒之死》由三个部分构成。《罪人的引导》《基督的效仿》两篇乃取自庆长译本的警句箴言，还有一部分依据长崎耶稣会出版的《圣徒金传》[2]中一章《基督徒之死》，属于翻印的作品"一"；相当于发现、介绍《圣徒金传》一书的予之解题"二"。应铭记作品三个部分背景的差异，而后才来解读这部作品。以下简单描述作品与原典的差异，以便了解三个构成部分不同带来的问题，然后再来言说"刹那的感动"。

《圣玛丽恩》大致描述了主人公须着男装的详情，而《基督徒之死》直到结尾也未加说明。而且，奚美昂是新的形象。这个形象的深层意图或许在于，妊身裹濡衣亦无法言明本是女儿身，无法倾诉心底燃烧的异性爱。时时有人论及于此，但这种同性爱式的意图到底存在与否，仍有些许疑问。奚美昂姑且不论，罗连卓心中怀有的本是异性爱。不妨说，奚美昂强化了罗连卓的悲怆性，却又未能获得完全的实现。否定也好，肯定也好，比之身裹濡衣的玛丽恩，奚美昂一度是否定的。为此使圣人具有了更多凡人的要素。原典中的情节是，流放后初生的婴儿被领养；而罗连卓却独自生活在"远离城镇的简陋小屋"。这是《基督徒之死》的

---

[1] 雅各布斯·德·瓦拉金（Jacobus de Voragine, 1230—1298），中世意大利年代记作者，大主教，《黄金传说》著者，在欧洲读者甚众。《黄金传说》乃基督教圣者、殉教者的列传。

[2] 高慧勤 *LEGEND AUREA* 之译名。西方圣徒传说集大成。原为拉丁文。

精妙之处，倘若是带着婴儿一起生活，作品就有无法成立的可能性。作品的改变想必出自这般考虑。此外增写了原典中没有的"一年后的大火灾"，且在作品的中心位置留出了诸多空间。不妨说在这个部分集约了芥川的创作意图。关于那场大火灾，芥川曾有如下解释："原本的构思是主人公身患痼疾静静死去。然而写作之中偶然想到了火灾的景色，便写成了现在这个样子。"（《一部作品的完成》，大正九年）按照他的说法，其创作构想就并非单纯地依据原典进行加工。那么作品的解释亦将发生很大的变化。"刹那间感动"中内涵的现实性乃至感动的内容，也会受到更加狭小的限定。在火灾的狂乱状况下，那种生死之间的壮绝戏剧，已在《地狱变》（大正七年）中充分描绘。在他此时的创作意识中，居于首位的是画面的深化呢，还是取悦于读者？前面的陈述或为证言。毋宁说，应当理解为壮绝的激越场面自然而然地吸引了他的创作。

  前面也提到，《基督徒之死》由三个部分构成。解读作品的出发点，或许在于如何解读第一箴言。箴言原本是"宗教奉纳物上添加的短铭"（《文艺用语基础知识》），可以说正符合《黄金传说》或作为其一章的《基督徒之死》。那么"二"中的予作为附属品，很难解读为某种责任的附加。因为《圣徒金传》或"一"与箴言的距离过近，与予的姿势却缺乏整合感。对予而言，并不十分关心所谓《黄金传说》或"一"、《基督徒之死》的主题，其主要关心的是天主教徒文献，一以贯之的是之于珍贵文献书的书志趣味。的确，翻印时虽有存疑即存有"些许文饰之感"，但基本姿势不离书志趣味。那么所谓箴言，应该包含在"一"之中（只是作为现状，箴言和《圣徒金传》的成立是逆向的矛盾）。可以说，芥川在其《基督徒之死》中，"将基督教的艺术性庄严作为道具"（《某鞭》，大正二年）素朴附加或使用。果真如此的话，这部作品的解读便将惹出新的问题。箴言一度有"一",进而又为"二"所包容,从而形成了所谓的三重结构。

我们的解读首先应将"一"和"二"分离并将根基置于不同的地平。"一"存于"二"之中,确切地说,正如予之解题,那是一个宗教谭(译注:宗教传说或故事)。至少在这部作品中获得了那样的定位。箴言之"一"正如作品中披沥的,"体验了未来无有尽头的愉悦""教诲中寄寓了奇妙甘美"。这里提示了一个方向性,强化的是作为"福音传道一助"的性格的强化。总之确认了原点之后,才能解读《基督徒之死》。

> 过去日本长崎有称作圣卢查的教堂,那里有个名叫罗连卓的少年。

这便是"一"的开篇。显而易见,"一"正是以这样的开篇叙事展开了自己的故事。叙事场由四个要素形成,(1)谁(叙事者)给(2)谁(听者)(4)讲述了(3)什么(故事)?这里对四个要素做一番整理。(1)谁(叙事者)跟《地狱变》中的大公殿下规定为"二十年来御奉公"一样,被赋予了同样明确的个性与人格。就是说,这里的叙事者是基督徒,同样有着传道福音之目的。从近代理性主义的意义上,这等故事当然不可能寻根觅迹。其次(2)谁(听者)也跟叙事者一样,是《圣徒金传》的读者基督徒或周边的人。作品的读者或听者,与"二"的作用下出现的一般性匿名读者处于不同的次元之中。就是说,无论叙事者还是叙事者意识中的听者(读者),都是宗教色彩极端浓厚的位相性存在。那么,正是(3)罗连卓"勇猛精进"的故事。(4)讲述则是面向《圣徒金传》的收录。叙事场四要素的整理如上所述。那么作为叙事，阅读者还有一个必须超越的问题，即时时作为问题的叙事时间的错位。在叙事场中，叙事者的时间和物语中人物出现的时间缺少交叉。故事必须在叙事者讲述之前完结。因此，叙事者在故事的高潮部分必须周到地讲述。然而《基督徒之死》的叙事者处在错位的时间之中。例如作品中时有"被看……"之类表现，此时给人以唐突之感，叙事者在之前信守的时间上失去节制，直接对作品中人物言说。日本文化拥有丰富的叙事文化，日本文学中代表性的叙事有梦幻功能，叙事者与作品中人物常常具有同一性。言归正传，如前所述在芥川的这部作品中，叙事者与听者共有明确的目的意识，但当我们回想那样的构图时，却发现了一个范围以外的问题——叙事者的时间是错位的。进而言之，罗连卓女扮男装的理由等，对他们并不是什么问题。罗连卓鼓舞了他们的信仰，或者说这是芥川所喜欢描写的一个"圣者愚人"。

下面归纳一下，这部作品最大的要点，在于以何等解读方式解释"刹那的感动"。时常有人从艺术至上主义的意义上即在《戏作三昧》《地狱变》的延长线上加以解读。但如前所述，"一"只是《圣徒金传》中的一章，所以出发点必须放在这里。"刹那的感动"无疑是宗教上的感动。主体是何者呢？如所周知，殉教者临终之前，眼前常会出现无上幸福的神国世界。没错，罗连卓也看到了神的国度。然而同时他也给身边的目击者们带来了异样的感动——"刹那间尊贵的惊悚"。目击者大略分为两个层次——基督徒和非基督徒。基督徒的基本判断自然是，罗连卓的殉教行为等同于死。那么非基督徒怎样看待他的殉教呢？令他们产生感动的也是罗连卓的赴死场面。感动分为两个方面：一是与宗教无关、舍生忘死救生他者的献身行为，所谓人道性的感动；另一则是"刹那间的感动"，亦即超伦理的、视觉的和审美式的感动。后者的感动者或属少数，但却实现了火灾现场狂躁状况下女性肉体的确认。这里虽然可以罗列出三种异质性的感动，但无论怎样解读戏剧性高潮中展现的"刹那的感动"，似乎都只能归类于宗教式的或人道性的感动，却很难将审美式的感动放在主要的位置上。芥川描写的是艺术性对象而非单纯的宗教性感动（这里也掺入了《偷盗》中的失败意识）。因此他在创作中添加了"二"并塑造了人物予以使某种旁观者立场保持在宗教性感激中。进而，一种观点似乎拒斥将《基督徒之死》看作近代小说或拒斥那般评价之洗礼，认为大火灾乃历史事实也是无法确认的，借此将《基督徒之死》的美的世界凝缩、凝固起来。但读者的解读受基督徒以外视线的吸引，无论宗教性感动还是审美式感动，作者毕竟给读者讲述了一个富于艺术性美感的故事。

《舞蹈会》

一

《舞蹈会》于1920年（大正九年）发表于《新潮》杂志新年号。在芥川的作品中评价颇高。三岛由纪夫的赞誉是"富于音乐性美感的短篇小说"，吉田精一的评价是"富于美感的短篇，也是文明开化类作品中的佳作"，中村真一郎则称之为"代表性的珠玑之作"；此外近年也有不少关于《舞蹈会》的溢美之词，如藤多佐太夫称之为"日本近代小说的名作之一"，神田由美子则谓之为"开化期小说中的杰作"。但在《舞蹈会》的读解中，仍然存在着动摇或错位。主要涉及小说末尾的改动问题。

在小说初稿的作品末尾，已变成H老夫人的明子，说到三十二年前鹿鸣馆的舞蹈会上，自己和法国海军军官的邂逅相遇。说完之后的对话如下：

谈话结束时，青年若无其事地质询老夫人。/夫人知道那位法国海军军官姓甚名谁么？/老夫人的回答令人意外。/当然知道。他叫Julien Viaud。你也知道对吧？他的笔名是皮埃尔·洛蒂，《菊子夫人》的作者。

1921年（大正十年）3月，《舞蹈会》刊于其第五部短篇集《夜来花》（新潮社出版）。同时收录的作品还有《秋》（1921年4月，《中央公论》）、《杜子春》（1921年7月，《赤鸟》）、《南京的基督》（1921年7月）等。此时的作品末尾改稿如下：

谈话结束时，青年若无其事地质询老夫人。/"夫人知道那位法国海军军官姓甚名谁么？"/老夫人的回答令人意外。/"当然知道啦。他叫Julien Viaud呀。"/"那他就是Loti对吧？《菊子夫人》的作者皮埃尔·洛蒂对不？"/青年产生了愉快的兴奋感。H老夫人却带着不解的表情望着青年的脸，一遍遍地轻声嘟喃。/"不对、不对，不叫什么洛蒂呀。我记得是叫朱利安·比奥。"

这样的改稿问题，在目前的《舞蹈会》论中受到无可忽视的关注。例如海老井英次评说道："这样的加笔订正是屡见不鲜的，作家期待更高的作品完成度。但很少有人像芥川这样，在极其短暂的期间内，做出那么大的订正改动。那样的改稿到底意味着什么？解开这个谜团对于芥川龙之介研究是无可忽视的重要环节。"[1]平野芳信则针对前述言说称:"改稿问题引起了重大的关心。"同时他表达了自己的意见。

  几无例外,有关《舞蹈会》的论考无法绕开改稿问题,且常常成为议论的中心问题。
  (《芥川龙之介〈舞蹈会〉论》,1994年12月,《山口大学文学会志》)

论者也曾发表了论作《〈舞蹈会〉试论——以其结构破绽为中心》(1975年2月,《文艺与思想》),对之前众口一词的肯定性评价,提出了质疑,指出改稿带来了扭曲。论文对于改稿的分析,可以说是否定性的。即便在时过二十余年的现在,肯定、否定姑且不论,依旧是研究者引用的对象。例如:

  三好行雄在其《〈舞蹈会〉论——芥川龙之介研究Ⅰ》中,强调了作者改稿的意义,认为"芥川这样有意识地改稿,事实上这个部分绝非单纯的一时兴起或噱头,而是在期待关联于小说整体性的、更加具体的效果,(中略)三好对改稿予以了积极的肯定"。相对于此,宫坂觉则通过《〈舞蹈会〉试论——以其结构破绽为中心》指出,效果并不局限于外在的成功,"相反必须注意的是另外一个事实,改稿牺牲了堪谓小说主题的明子的美。改稿最终令'明子的人物形象出现了破绽',进而引致小说'结构的破绽'。宫坂觉给予了否定性的评价。前述两位学者的

---

[1] 海老井英次《"文明开化"与大正的空无性——芥川龙之介〈舞蹈会〉的世界》,1993年10月,《近代日本文学》。

言说具有代表性，基本包容了之于改稿的、不同的诸论见解。"

（栗栖真人《舞蹈会》，1983年3月，《解释与鉴赏》）

进而，前稿与另外三篇[1]论作一起，重新刊载于清水康次编著的芥川龙之介作品论集成第四卷《舞蹈会——开化期·现代小说的世界》（1999年6月，翰林书房）。在此意义上，前稿似具历史性意义。这里的立论前提跟先行理论同样，即并不知晓 Julien Viaud 就是皮埃尔·洛蒂的本名，看到唐突的改稿，明子的形象便遭到破坏，"变成一个无知的女人"。问题在于如此重大的问题，竟无人提请注意。或者说，面对明子之外部解读的手续和结论，均没有做好修正的准备。同时，不变的观点即由男性视点看明子，可以将之读解为无知的女性，但这样的《舞蹈会》解读过分单一贫乏。相反，若注目 H 老夫人的言谈举止，由明子的内侧迫近文本的话，或者就会触及、发现改稿中蕴含的新的意义。就是说，在 H 老夫人的言谈举止中，可以充分地了解到 Julien Viaud 就是皮埃尔·洛蒂的本名，但仍然难掩否定的感觉。[草拟此稿之际，整理了近期的《舞蹈会》论，在此过程中发现平野芳信关注的是男性原理视点，且发表了近乎相同论调的论文（前面提及的"芥川龙之介《舞蹈会》论"）。其论点，基于某种无关系的成立，不敢苟同。不过在平野氏的理论刺激下，执笔过程中得以对相关的理论做出了整理]。问题显然是相互关联的。之前论者的《舞蹈会》论存有瑕疵即指摘《舞蹈会》定稿中存有破绽

---

[1] 三好行雄《青春的"虚无"——〈舞蹈会〉的世界》，1976年9月，筑摩书房刊；海老井英次《"文明开化"与大正的空无性——芥川龙之介〈舞蹈会〉的世界》（前列）；岛内裕子《〈舞蹈会〉中洛蒂和比奥的位相》，1995年3月，《广播大学研究年报》。

或暗部,同时又"不吝认同今后那也将是芥川的代表作品",而事到如今,似可排除那般瑕疵了。在"再版寄语"(《芥川龙之介》,1998年4月,翰林书房)和《舞蹈会》(关口安义、庄司达也编《芥川龙之介全作品辞典》,2000年5月,勉诚社)等书中虽略有所涉,这里仍想进一步论及。

二

首先拟对前面不充分的言说做些补充,以确认前稿的内容。前稿提到,芥川的改稿在《新潮》发表之后,近乎同时出现了许多同时代评论,田中纯称:"一种高档落语[1]。(中略)最后的包袱抖得巧妙。"(《正月文坛评二》,1920年11月,《东京日日新闻》)水守龟之助说:"通过当年一少女言说外国士官乃皮埃尔·洛蒂,但给人的感觉似乎只是借助少女之口,代言作者想对读者说的话。这样的构想处心积虑却杀灭了读者的感兴。"(《新春创作评》,1920年3月,《文章世界》)在诸如此类的评说影响下,一般性的作品认识发生了改变。就是说,读解集中于作品的疏漏。改变的根由或是芥川发表的《艺术与其他》(1919年11月,《新潮》),作为自戒,他假托了"自动作用"这个毫无创意的词语,却让日后的一般认识落入自己的圈套。仅靠末尾的改变无济于事。如下推测是成立的——好歹靠同时代论评"舛误"的反转解除了那般危惧。改稿似乎使明子的形象发生了很大的变化。

在"一"中,写到开化期的深闺小姐明子"早就受过法兰西语言和西洋舞蹈的教育",在与法兰西海军军官的交锋中势均力敌,使对方为之

---

[1] 日本传统单口相声。

倾倒。而三十二年后变成了H老夫人[1]仍旧拥有镰仓的别墅，仍旧是文化圈中的存在，围在身边的不是青年实业家而变成了青年小说家。因而她说出下面的这段话，是自然而然的。她说："当然知道啦。他叫于利安·维奥。你也知道对吧？就是《菊子夫人》那位作者的本名呀。"

改稿之后，于利安·维奥却与作家皮埃尔·洛蒂的本名没有关联性。那么在当时，皮埃尔·洛蒂的本名就是于利安·维奥，这样的常识，到底有多少人知道呢？成为H老夫人的明子都不知道，那么与17岁的明子不知道瓦特又有多大的差异呢？因此简单判断明子"变成了无知的女性"，似乎是有问题的。这里必须确认的是，H老夫人在那个文本中实际遭到了弃置。亦即作为前提的是，作者、叙事者、青年小说家、读者均知晓Julien Viaud乃皮埃尔·洛蒂之本名。否则，那般错位便无法成立，作品的实景徒为空转。在此意义上，唯有明子一人由作品末尾教养的视域遭到弃置。于是乎，三十二年后的明子由大家闺秀的小姐沦落为无知的老妪。但这种解读令人感觉牵强。

Julien Viaud是皮埃尔·洛蒂之本名，乃一般读者众所周知的教养。既然是常识，就不应局限于部分读者。实际上芥川心中已有一个先入为主的认识，即初稿实际上已经提供了前述知识，那么才有可能完成定稿的形态。同样也是在那般认识的作用下，改稿得以完成。唯有定稿而无初稿，出乎意料的错位马上获得读者理解，反倒令人感觉奇怪。因此可以料定芥川在改稿之时，即便是在无意识之中，也会期待读者已具备初

---

[1] 神田由美子认为"由未婚少女到已婚老妪，并不单纯是一个年龄的变化过程，还意味着女人变成了个性遭到抑压的男人的附属物"（《舞蹈会》，关口安义编《芥川龙之介研究》，1992年5月，明治书院）。接着她说到，产生了青年意识时意味着年老，进而匿名化则使读者清楚地了解到，这里有三十二年的时间空白。

稿末尾的错位知识。正是在这样的考虑中，H老夫人明子才在作品的末尾，被弃置于人们期待的教养之外，由此构筑了H老夫人明子的无知女人形象。由此才有了前稿的如下判断："鹿鸣馆时代奢华的主人公三十余年后，变成了一个懵懂无知的女性，竟不知晓于利安·维奥就是当时名闻遐迩的《菊子夫人》的作者皮埃尔·洛蒂的本名。"由此，改稿与"一"中造型的明子形象产生了落差，进而被视为作品的破绽。

三

而今作为一种共识，即认为将H老夫人明子理解为"无知的女性"未必是具有充分说服力的读解。但H老夫人明子经三十二年人生历程变成无知女性的解读却又是一个通论，认为唯有如此才能使明子的回忆凝缩为美。

> 年轻且率先受到西欧文明洗礼的深闺丽人，最终幻化为老妪却无缘于西欧的文学，这真是一个讽刺。
> （吉田精一《舞蹈会》，《近代日本文学讲座〈芥川龙之介〉》，
> 1958年3月，角川书店）

> Julien Viaud 即 Pierre Loti 本名的知识，老夫人竟付之阙如。所以论及法国文学，老夫人没准儿比青年作家更无知。
> （三好行雄《论〈舞蹈会〉——芥川龙之介研究Ⅰ》，
> 1971年9月，立教大学《日本文学》）

对于芥川，却并非明子是否觉悟或生存方式如何的问题。他要描写的原本就是无知的、无明状态中的堪谓纯真的明子，

且由此勾现出特殊的美。

（榎本隆司《舞蹈会》，文学批评会编《批评与研究·芥川龙之介》，
1972年11月，芳贺书店）

夫人不可知晓那便是洛蒂。维持无知的状态才能保持落差，面向纯真感动的哀惜才能获得持续。
（佐藤泰正《舞蹈会》，《文学·文学中的上帝》，1974年3月，樱枫社刊）

宫坂觉氏认为，改稿之后，明子的人类形象发生了后退，造成了结构上的破绽。初稿中的明子知晓维奥就是洛蒂，改稿后竟变成了无知，就是说由知性的人物变成了懵懂无知的人物，作为人的形象发生了后退。
（田切信子《芥川龙之介的〈舞蹈会〉研究》，1992年3月，《城蹊国文》）

在芥川的定稿中，说明法国海军军官即洛蒂的人物，由明子变成了青年小说家，明子竟对那般事实全然无知。
（笠井秋生《另一版本的〈舞蹈会〉》，1992年4月，《芥川龙之介》第2号）

然而正如前稿所涉及，问题在于将H老夫人明子的形象定位于无知，并不能充分实现对作品《舞蹈会》的读解。我们无法全然否定下面这样的读解，即将《舞蹈会》的主轴放在法国海军军官身上或将焦点会聚于如下言语："我在琢磨那焰火呢——似我等生命的焰火。"但是前稿亦反复论及，仅靠那般读解仍无法透彻了解《舞蹈会》一作的玄机。在那样的读解中明子只是一个纸糊的道具，不是被缺乏内在风景的鹿鸣馆捉弄，而是成为一

个彻头彻尾的、被时代捉弄的鹿鸣馆女性。那么从头至尾，在《舞蹈会》这样一个作品空间里，明子所能体现的只能是一个空虚空洞的功能。然而尽管有人认为 H 老夫人明子是一个无知的形象，却没人将之评论成纸糊的道具。虽然无知但正因无知，明子"三十二年前的回忆"才得以纯化和美化。然而此般言说，是否会引发另一侧面的问题呢（撰写前稿时自己也没有意识到）？亦即那般读解是否有男性中心主义之嫌？或者说存在拘泥于男性视点的侧面。

　　前稿由定稿的言说中感知的是，H 老夫人明子不言自明地处于无知的境地中。恰如"二"所展示的，"H 老夫人明子被孤零零弃置于作品末尾期待的教养之外，由此确立了 H 老夫人明子无知女性的形象"。进而，"鹿鸣馆时代奢华的主人公三十余年后，变成了一个懵懂无知的女性，竟然不知晓于利安·维奥就是当时名闻遐迩的《菊子夫人》的作者皮埃尔·洛蒂的本名"（当然 H 老夫人明子乃无知女性的解读并非作者之本意）。当 H 老夫人明子添加了无知阴影后，便有许多论者指摘《舞蹈会》存在破绽或有趋于衰弱的问题。就是说，当 H 老夫人明子成为无知女性时，《舞蹈会》的充分解读便出现了问题。或许，此时的文本解读就出现了一种对立的两难状况。有观点认为"一"中的明子聪明伶俐，改稿后的"二"中的 H 老夫人明子却被改变为无知的女性，由此产生了扭曲进而引起结构上的破绽。这种观点的前提是定稿末尾须建立一个无知的明子形象。即便并非本意，的确在此意义上如平野芳信所指出的：

　　前面引用的三好氏与宫坂氏的观点，表面上似乎是相反的解
　　释，但不言而喻也有着共同的立论点，即皆以明子的无知为前
　　提。

　　　　　　　　　　　　（如前注，《论芥川龙之介的〈舞蹈会〉》）

结果便不存在与前稿相互抵触的言辞。虽然指出无知不好，却并非引出新的读解。前稿发表以后曾反复看了很多遍，懵懵懂懂找到了一点感觉，从两难的境地中找到了些许活路。《舞蹈会》终于逃出了作者的人生咒语或束缚，在文本的反复读解中，当我们将自己融入于H老夫人明子的内在精神中时，在我们面前展开的便是一个新的作品解读的视域。正如"一"中所描述的，H老夫人明子在其眼神举止中表明——她对Julien Viaud乃皮埃尔·洛蒂本名之事心知肚明且持否定的态度。

四

很久以前，关于《舞蹈会》的读解就偏重于海军军官，而少有读者验证明子的来龙去脉。未必有意而为之，研究者容易掉入一个由男性化视线主宰的男性写作的陷阱，这种重叠男性化视点的作品解读其实很多。前稿也相信那种胸中块垒之背景。如今想来，当初的论作《〈南京的基督〉论——金花"虚构的生命"中潜存着什么》(1976年2月，《文艺与思想》第40期)等，由金花一侧解读正是缘自前述不满。无可否认的是近代文学本身多偏重于男性视线，依男性写作的言说而成立。承认妇女参政权，在欧美也不过百年（美国是在1920年改宪，各州批准后承认了妇女参政权；英国是在1928年实施了承认男女平等的普选；多数国家承认妇女参政权都是在第一次世界大战后；法国和意大利较迟，法国是1944年，意大利1945年）。在日本，妇女参政权的认定耗时半个多世纪。在这样一种状况中，必须确认男性写作的界限。先前并无一种强迫性的要求，在读解中反复找寻男性写作言说中的"男性主义视线"。若这样造成了文本解读中的疏漏，便是巨大的损失。作为复权尝试的解读之自由，原本是获得保证的。明子即被暴露于那样的解读之中。

平野芳信在前述论文中又尖锐地指出：

作品鉴赏

明子为何必须无知呢？其实并非必须。她不过是无奈地处于无知的状态之中。那么她的语调若是过分强势，读者、批评家、研究者乃至作者本人，就会在无意识中使用男性特有的视线滤网，使作为女性的明子按照男性的愿望发生改变。因为我们一样被男性的原理、言语、意识所深深地束缚。

虽然，其观点让人有言过其实之感，但大致上人们亦有同感。这里的表达不应是"连作者也……"。就《舞蹈会》而言，在大正那样的时代性中，"正因是这样的作者"，才会为那种"男性特有的视线滤网"所捕获。因此，在指出芥川存在那般问题时，许多人还未及阅读《舞蹈会》那样的作品文本。问题是，批评家和研究者虽有自己的如意算盘，对"读者而言却存在更加自由的读解"。平野接着说道：

例如（论者注，三好氏和宫坂），(中略)明子是女性，必定一无所知，这样的确信中也必定伴随着某种疑问。我认定，那里潜在的一个前提正是男性的无意识。

"明子是女性，必定一无所知，这样的确信中也必定伴随着某种疑问。"这正是某某氏的确信。平野言说的本意想必是针对某种读解，与其说体现为某种个人的批判，毋宁说仍旧受制于男性的原理。但是所谓的"因为是女性"，显然不是诚实的读解。若认定H老夫人明子是无知，便留下了此般解释的余地。就是说至"一"的中盘，依据真实描写的明子，其实面对的只是作为远景来处理的、海军军官的言说背景。作品一开始就背负着一种宿命，人物个性仅有单薄的立体感。如前稿所述，我回避这样的说法——H老夫人明子无知、无垢，因而她的回忆才被美化。因为那里展现的是"俯视身姿"、谆谆施教的海军军官以及感受着"愉快兴奋"的青年小说家视线，也是男性中心的浓厚视线偏向的场景。

我不想断定他者的思想犯下谬误，如前所述，平野焦虑的文体，与我之感受同质。三好氏由此引出的感触是：

> 姑且不论青年作家之知性的兴奋。"不，并无洛蒂其人。却有于利安·维奥其人。"明子带着"奇怪的表情看着青年的脸"，支吾其词，仿佛体现了她成熟的某种处世术——明明知晓却谎称不知。

论者时有疏漏，H老夫人笃定知道Julien Viaud乃皮埃尔·洛蒂本名，她是有意识那样否定的。因此前稿"一"中的明子形象，与"二"中的H老夫人明子并不形成所谓的落差。大家闺秀明子在文明开化期"接受了法国语言和舞蹈的教育"，在与"法国海军将校"的唇枪舌剑中竟势均力敌。三十二年后的明子变成H老夫人，却仍然有着某种整合性，拥有"镰仓的别墅"且在文化圈体现了存在感。周围簇拥的是青年实业家或"青年小说家"。那么H老夫人明子为何非要做出那般否定性的应答呢？

> 金花话音一落，他突然想起了似的划着火柴，点燃烟味很冲的雪茄，且固执地继续叮问道。/"是么。那真是不可思议。可是——可是打那以后，你便再无烦恼了么？"/"是啊。再无烦恼。"/金花磕着西瓜籽儿，毫不迟疑、神清气爽地回答道。

这是《舞蹈会》发表7个月后发表的《南京的基督》结尾。曾有论者提到,《南京的基督》中金花与旅行者的关系与H老夫人明子与青年作家的关系如出一辙(参照《〈南京的基督〉论——金花"虚构的生命"中潜存着什么》)。论者指出,金花和H老夫人的生命大大超越了日本旅行者和青年作家的生命。金花的确信使日本旅行者畏葸而无所适从。显而易见,《舞蹈会》中青年作家的"愉快的兴奋"亦乖离于H老夫人明子的感慨。进而言之,青年作家"愉快的兴奋"与老夫人明子的感慨风马牛不相及。青年作家"愉快的兴奋"被自己熟知的女性的意外事实或自己偏执的知性好奇心所证实,原来自己出生前的三十二年以前,这个女人竟与《菊子夫人》的作者洛蒂有过神交。H老夫人明子的感慨当作何解呢?"舞蹈会初出茅庐之日"或"异文化体验之日"的回忆,或许相通于她三十二年间的人生参悟。在打那之后三十二年的人生行路上,或已熟知瓦特为何许人也,也了解焰火般的人生是何滋味。于是,她对青年作家述说了回忆。正因其熟知,才希望自己的回忆更加鲜明。虽是过去的记忆,对她而言却意味着永远的现在。她以现在时态述说的感慨正是一个明证。瓦特何许人也?焰火般的人生有何意义?相关的解说被舍弃。(明子自身亦不明晓为何是舍弃解说的讲述。但在作为那般讲述重构的"一"的叙述中,至少产生了前述效果。)没有触及的或许只是青年作家视线中增添的"一"的讲述。某种男性主义视线下的人物(或许正是青年作家)作为物语重构了青年作家关于"大正七年秋天"的问话。一种讲述的欲求将明子编集的物语进行了重编。为此,"一"中的主角、配角发生了缓慢的反转。为此讲述回忆的H老夫人明子,在男性主义的视线下遭到了歪曲。再度强调,17岁时姑且不论,49岁的明子不知瓦特是谁或不懂焰火般的生命,便无法恰如其分地对青年作家讲述历史的事实。正因如此，老夫人才可能以现在时态讲述没人相信的、自己跟海军将校的回忆。就是说，名叫于利安·维奥的海军将校，日后成为名叫洛蒂的作家。而这样的知识在老夫人明子的叙事中并不存在。莫非，Julien Viaud 是否为皮埃尔·洛蒂之本名不得而知。毋宁说在她的心目中，此时此刻，那是一个必须回避不论的事实。二者的叠加或重合对她而言没有价值，只是受制于青年小说家对于历史事实的偏执的知性好奇心。她所目击的是眼前展开的自己那般珍惜的东西益趋衰微。无可忍受。为回避那般结果，她只好"看着青年的脸……支吾其词"地反复说："不，他不叫洛蒂。他叫于利安·维奥呀。"

在此，我们再来验证一下 H 老夫人明子跟青年小说家的会话。

"当然知道。他叫于利安·维奥。/你说是叫洛蒂么？《菊子夫人》的作者皮埃尔·洛蒂？"/青年感觉到愉快的兴奋。但 H 老夫人却纳闷地看着青年的脸支吾其词地反复说：/"不，他不叫洛蒂呀。他叫于利安·维奥。"

这里值得注意的事实是称呼以及称呼的表记，还有时态的不同选择。称呼的表记如下："Julien Viaud"→日语片假名的"于利安·维奥"，"Loti"→日语片假名的"皮埃尔·洛蒂"→片假名的"洛蒂"。时态的表记，则是由过去时转换为现在时。"二"的叙事方式仰仗"一"的编辑作业，同样的男性主义视线，却让人感觉并未做过牵强的加工。那么进行了加工的前述称呼或时态的分类标记，到底具有什么意义呢？

不难发现，H 老夫人明子由"Julien Viaud"→日语片假名"于利安·维奥"窥见的是英文转换为片假名发音这样一个事实。由此可以读解出某种温和的拒绝即对偏执的、拥有知性好奇心的青年作家的拒绝。而由"Loti"→日语片假名的"皮埃尔·洛蒂",则可读出青年小说家趋近 H 老夫人的意欲,他一方面补足了洛蒂的姓,一方面特意用日文的片假名发音。可是如前所述,H 老夫人的应答将"皮埃尔·洛蒂"改称为"洛蒂",又将"于利安·维奥"重编为片假名发音。相对于 H 老夫人明子的过去时态结句,青年小说家仍是过去时态结句的强调型。这里不可忽视的是,H 老夫人明子同时又以现在时态应答着青年小说家。如若是处在同一规则中,她的应答完全可以用过去时态。H 老夫人明子是青年小说家的引导者,她将青年弃置于独自的三十二年前的世界之中——结果可判明,青年小说家置身于奇异的、偏执的、知性好奇心的多彩空间,与 H 老夫人的感慨大相径庭。此时明子回归的并非洛蒂的世界,而是 Julien Viaud 的世界(三十二年前作家洛蒂并不存在)或与洛蒂无缘的世界,或青年小说家无法进入的世界。那个世界只能用现在时态,将她引入了此在或现时。在这种过去时态改变为现在时态的背后,存在着功能性的 H 老夫人明子的心理屏障,结果三十二年前的记忆变成了"永远的一瞬",她的时间保持在了现在。

《舞踏会》唐突的改稿受到 1921 年(大正十年)时间地平的影响,作品的解读也与此密切相关。H 老夫人明子曾被定位于无知的女性,且被美化为无知便是美。对于 H 老夫人明子,却是明显的误读。基于 H 老夫人明子的视线读解,青年小说家(年轻男人)阅历太浅。作品隐喻的是秘藏于年龄(老)之中的聪明。

《少年》

《少年》一作,发表于大正十三年四月《中央公论》的第一至第三期、五月的第四至第六期。该作属于保吉物系列作品之一。

芥川将作品的舞台设置在大正十一年（1923年）开始的海军机关学校时代，在这里塑造了一个二十六七岁的人物堀川保吉。以这个人物为中心的一系列作品被称作保吉物。保吉在保吉物中成长，过了30岁变成"鬻文业者"。第一作是《保吉的手账》（大正十二年五月《改造》）[1]，前文（收入《黄雀风》时删除）规定其为保吉物，书简中更将此类作品称之为自画像类作品。

芥川是讨厌将自己的日常性或生活体验放到作品中的。对他而言，《保吉的手账》体现的作者姿态是划时代的。因此也有说法称那是"芥川式的私小说"。保吉物当初，只是为摆脱半年左右的一段作品空白期，因此首先体现的是一种对于新风格、新领域的兴趣。渐渐地开始将主导权让与了内在的冲动。在此意义上这部《少年》具有重要的意义。

作品设定中保吉是一个30出头的青年，26或27岁的时候曾是海军机关学校教师。同时最初、最后的素颜如前所述。内容则是少年时代的回想。先是一处风景的目击，以此为契机开始回溯少年时代的情思，最后再返回成年人保吉的世界。下面收录的文章，是小说的最初和最后章节。

在"一"中，保吉与"11岁上下的少女"及50来岁传教士会话，由此遐想"不知尘世苦"的"二十年前的幸福时代"。第二节到最终章第六节是"连绵不断掠过心头"的"不知尘世苦"的少年时代追忆。从"一"到"六"，如前所述构成了芥川文学的镜框。"五"也显现出现时的保吉面容。"二"所描写的是不见重辙、战战兢兢的保吉少年。车辙的表象在芥川文学中屡屡出现。令人联想起芥川内心的车辙即一种二律背反的构

---

[1] 之前的作品《鱼河岸》（大正十一年五月《妇人公论》）中也有保吉登场，却被排除在此类作品之外。

图。那道车辙深嵌入芥川自身而不是保吉少年或保吉的血肉中。"三"的节奏令人想到了死;"四"所描写的是五六岁时的初次看海;"五"则描写了7岁看幻灯时的各种记忆,同时描写了三十年后保吉的感慨。就是说,由30岁的现在回溯到五六岁,随之追忆了至八九岁时的生活经历。芥川告白中展开的"告白"忌讳非常有趣。当然对于这般追忆,芥川以一流的知性进行了重构。然而不可忽视的是,即便有过那样的考虑,他仍旧无法忘记自己过去那种"不知尘世苦"的少年时代。[1]《矿车》(大正十一年)中的良平20来岁积劳成疾,其少年时代跟矿车无法分割的回忆无疑也相似于家谱式、一根筋似的追忆。一根筋若处在断续乱反射的状况中,那么自然而然也会在自我的过去发生内动,从而解放自己的情思。然而,《少年》并不局限于这样的层面。执笔《少年》牵引出更加沉重的主题亦即跟母亲相关的主题。

最终章母亲出场。八九岁的保吉被居心叵测的川岛嘲笑:"呀,你小子就会喊妈妈哭鼻子!"可是,没记得自己哭的时候喊妈妈呀。自己却相信了川岛"居心叵测的谎言"。且三年以前在上海的医院,护士说了句自己全无记忆的话,愕然。护士说:"你忘了?你刚才喊妈妈了对不对……"保吉开始觉得川岛或许并未说谎。以上便是"六"的主要内容。这也就是芥川自注为自画像的保吉物,若三年以前在上海医院的说法符合其传记事实,那么保吉的身后就浮现出芥川的影像。

不难想象,对于八九岁的少年芥川,当众喊妈妈令之受到何等伤害或有多大的屈辱感。有朋友无意间透露其母癫狂,他却无法像朋友们那样张口喊妈妈。因而只能理解为"恶意的谎言"。对于少年芥川,那是想

---

[1] 在日后的《玄鹤山房》(昭和二年)中,面对死亡的玄鹤亦勾起了作为"辉煌一面"的"幼年时代的记忆"。

喊也喊不出的禁语。在《大川之水》中，对于寻求眼泪、悲哀逃避之所的少年芥川那是心知肚明的事情。有人指出，年过30的芥川曾在旅途患疾，不安地躺在病床上，昏昏欲睡中喊过母亲；为此他觉得，少年时代说不定也是同样的情况。

创作所谓知性支配的保吉物，确可闻知私小说本来的内在呼唤。不妨说那种描写诱发了告白性冲动或令之觉醒。芥川在作品中更加生动、直接地描写了自己赌以一生守护的母亲形象。事态或许在他意料之外。从第"一"章的开篇看，令人困惑的是"六"的结尾不合情理，同时却又显现出一种象征性。

《少年》中的母亲，当然不是少年芥川眼中的现实中的母亲。毋宁说，那是精神异常之前的母亲，理想化的母亲，或内心深处感觉温暖的母亲。《少年》中的母亲极易露出虚构的破绽。但自然中的脱口而出，却又真实表现了肉体与精神的病态。从这个视角凸现出来的内心之中的母亲主题，最终与《点鬼簿》的主题不期而遇。

《点鬼簿》

一

芥川自杀的一年前，大正十五年（1926年）六月，《点鬼簿》脱稿，同年10月发表于《改造》杂志。400字的稿纸，写了10来页，6月的大半时间用于这部作品的创作，据说最后累到"额头流汗、多写一行都无力为之"（葛卷义敏）的状态。可见芥川在这部作品中融入的心血超出了想象。

以《保吉的手账》（1923）为起始的人生回溯，至《点鬼簿》乃一归结点，其间出现了《少年》（1924）、《大导寺信辅的半生》《微笑》《海滨》

（皆为1925）、《追忆》（1926）等。就是说，芥川以知性构思踏入的是一条告白之路，终于感受到内在冲动的魅力，从而将阴影投入自己的作品上。换言之，其生存苦恼至此得到了深化。

这年春天，他开始考虑自杀。另一方面也在以同样的沉重感继续深入思考生命的方向。例如积极接近青年时代一度触及的基督教。他热心阅读新获的《圣经》也是在这个时期。解读《点鬼簿》不妨参照这一文脉。此前，芥川一直执拗地拒斥在作品中触及生母、生父和出生。正如《大川之水》中的相关描述，自己"出生于大川河畔"，写到"我家"便是养父母芥川家，写到"我母亲"便是养母，写到"我父亲"自然便是养父。写到生父永远以"叔父"取而代之（在大正十四年亦即1925年新潮社版《现代小说全集·芥川龙之介集》中附录的"自笔年谱"中，写明出生及生父母唯有一次例外）。芥川多次提到，这种拒斥限制了他的文学起始，也限制了他的小说创作与人生观。不妨说那是深藏其内心的内在隐秘。这种长年以来的忌避拒斥，终于在《点鬼簿》中得以化解。这是为什么呢？对他而言，那是他人生一次重大的、终极性的赌博。亦即，长期的拒斥、忌避变成了他的一张王牌，指向的是自己人生的一次重构。他一直惧怕直视和被人直视。这次却将一切暴露在众人眼前，用聚光灯照射自己的阴暗。借此，他欲重新回到人生的原点。他在众人面前让出了守护到最后的日常性，试图看到新的风景。谈何容易！《点鬼簿》一个短篇，运用于追忆的形式并非难事，但芥川却苦苦煎熬呕心沥血。

  我的母亲是狂人[1]。迄今为止，我跟母亲从未有过真正的亲

---

1 实际上这样的起笔，乃是芥川长期以来内心忌讳的致命点。狂人即精神病患者。

近感。

这富有冲击性的一句正是《点鬼簿》的起笔。其实远溯《偷盗》《杜子春》乃至《少年》等作品，芥川一直踟蹰在"母亲的原像"周围，《点鬼簿》终于触及他最隐秘的内心之核。也就是说，小说开篇芥川配置了最大的落差。由此亦可见其痛切的最大决心。不妨说，其决心体现在整部作品或作品的缺页部分。

当初，《点鬼簿》中的人物设定为"母亲、父亲、我"，实际完成的作品确实如下顺序："生母、大姐、生父"。毋庸置疑，《点鬼簿》倘是过往的记录，现在的版本更加自然。但无可否定的一个事实是，作品起初是有三个人物，结果却成了专写母亲的"恋母手记"。出乎意料的结果，想必使芥川自身也感受了战栗。

生父予芥川的感觉是冷淡的。追根溯源（本人未曾述及），想必起因于生父对于母亲的背叛。母亲福犯病后，其妹冬来帮忙，因而常常出入新原家。福还活着，敏三便娶了冬，从而有了一个异母弟弟得二。这对一个少年来说是无法理解的奇妙事件。这样的情形持续了三年之久，一直到福过世。当然问题在于，芥川到底何时知道福是生母？而由《点鬼簿》这部作品可以获知，福死去之前，芥川便已知道了这个事实。或许知道的时间更早，他曾频繁回家探望患病的福，至少朦胧之中会有感觉。即便是在福死去之时才知道，父亲对于母亲的背叛也是让他难以忘怀的。大人的感觉中，或有获得谅解的可能性。少年芥川却永远无法原谅。同一屋檐下，母亲与妹妹的情状令芥川产生了莫大的挫折感（对于父亲的相关于性的忌避，在晚年芥川与秀繁子的问题上也投下阴影）。因此他曾在不同的场合写到，记得母亲的忌日却不记得父亲的忌日。父亲临终前日,在唯有父子二人的病房里,父亲讲述了"自己全然不知的过去"。所谓"自己全然不知的过去"即父亲"与母亲结婚当时的情形",精神失常之前的母亲和尚未背叛母亲之前的父亲亦即父亲求之不得的平凡家庭的平安生活状态。芥川听着"眼眶热了",父亲也"流下了眼泪"。父亲临终前反复出现这般父子相处的场景,溶解了他与父亲间源自背叛的隔阂感情(也许令人想起志贺直哉的《和解》)。进而言之,父子二人摈弃了诸般前嫌的凝视,凸显了父亲之于妻子福和芥川对于生母福的思念。创作这部作品的芥川心中留存的只是母亲癫狂之前的原像。此外不可忽视的是,那种思念背后尚隐藏着他对大姐阿初的思念。

不用说,芥川没见过自己的大姐阿初,她夭折于芥川出生的前一年。但她却出现在《点鬼簿》这部作品中。翻阅《点鬼簿》的死者名录,那便理所当然。如果单纯从文脉上读解,就会漏过重要的问题。阿初是逝去的人物,与"我"构成相逆性的位相或存在。她存在于作者无法求得的位相中。在那般平凡家庭的平安生活中,集父母的爱于一身而逝去。大姐是幸福的,没有见过母亲精神失常的样子,不知父亲的背叛,也未及体验娑婆[1]苦,就这样终结一生。正是因为如此,没有见过面的大姐对他而言才有了切实的存在感。

在死的牵引下探究生的本质,芥川投入的巨大赌注是自己的生命始源,他无奈地在更加冷酷的情境中直视裸形的生命。通过这般形式,芥川意图更加强烈地确认孩子自我的母爱缺失或与母亲癫狂悔恨相关的生存样态。小说《点鬼簿》的初衷是写父亲和大姐,最终遭遇的却是母亲。事实证明,在他的生命激情中又泼下了一桶冷水。对于打出最后一张王

---

[1] 凡尘,俗世。

牌的他，这部作品的主要作用只是自杀时期的设定和未完创作的归纳性作业。自此大正十五年（1926年）末到自杀的短暂期间，芥川一改前两三年创作力的停滞，创作了《点鬼簿》这部令人难以置信的力作。他靠这部作品，实现了某种程度的心情整理和回归。

《齿轮》

《齿轮》是昭和二年（1927年）三月下旬至四月上旬、自杀当年执笔脱稿的作品。小说中唯有"一"，以《齿轮》题名发表在6月《大调和》杂志。"二"以后的篇目包括"一"，皆以遗稿的形式，刊载于自杀后的10月号《文艺春秋》。确定为《齿轮》前的题名改动轨迹，是《索多玛[1]之夜》《东京之夜》《夜》《齿轮》。最终章是《六飞机》，脱稿日重合于第一次与平松麻素子的殉情未遂日。亦即《齿轮》曾是明显具有绝笔意识的作品。收录部分是"五"和最终章"六"。

关于《齿轮》有诸般评价，广津和郎认为是他"所有作品中的逸品"，佐藤春夫称"在他的作品中乃第一"，堀辰雄则说那是其"一生中最大杰作"。想必《齿轮》痛切传达了芥川面峙死亡、彼时创作的状况及其炼狱般的苦恼。

首先回顾一下未收录在作品中的"一"至"四"章中的我。我为参加熟人的婚宴，专程从避暑地来到东京。途中视野出现了"不停转动的、半透明的齿轮"，身披雨衣的幽灵故事和那般装束的男子令人毛骨悚然。晚餐结束后回到宾馆，就接到表兄被车轧死的电话（"一雨衣"）。两年

---

[1] Sodom，《圣经·旧约》"创世记"中的古城名。

前的恐怖与不安使我切身体验的诡异现象，竟又发生在了翌晨。我感受到某种"命运的冷笑"，仿佛堕入了地狱。我不禁口中念念有词地祈祷，"主啊，惩罚我吧。勿怒。或将我灭。"却又"时时感觉背后盯着自己的复仇神"（"二复仇"）。入夜，突然意识到自己颇似《韩非子》中蛇行匍匐归乡的青年"寿陵余子，"邯郸学步中忘却了寿陵之步"[1]。像寿陵一样在悬空状态中发现自己，形容在一种强迫观念的驱使下，念及避暑地"松林中的自家"。这里离开养父母家，是自己跟妻子租住的房屋。当夜梦见了"复仇之神——狂人之女"（"三夜"）。在宾馆完成了一个短篇，外出寄往出版社。途中遇高中时代学友。学友问，《点鬼簿》是自传么？答曰是也。旋又返居处创作。奇怪下笔如神。"两三个小时后被迫止笔，仿佛有人悄悄地捂住了我的眼睛"。而"我担心的是在那种野蛮的欢乐中父母、妻子均不在场，唯有自己笔下流淌出来的苦斗"。我再度回到不安与焦躁状态中（"四莫非？"）。以上便是"一"到"四"的梗概。

　　如前所述，《齿轮》起笔时的题名是《索多玛之夜》。索多玛自然是《圣经·旧约》中出现的古城名，因城里住民的败德而被硫磺与火毁灭。而败德与堕落的例证口口相传，便成为 Sodomy[2] 一语的词源。我乃"因犯罪堕入地狱之一人"，有"或将我灭"之虞。恰如我彷徨于无明之夜的索多玛之夜。在五赤光中，某老人与光明与黑暗问答。有人问我为何不信神明与光明，答曰"因为存在没有光明的黑暗"。所谓"没有光明的黑暗"亦即索多玛之夜。我认识到"人生是比地狱更加可怕的地狱"（《侏

---

[1]　寿陵失步，战国宋庄周《庄子·秋水》："且子独不闻寿陵余子之学行於邯郸与？未得国能，又失其故行矣，直匍匐而归耳。"这里用指燕国少年，比喻仿效不成，反而丧失了固有技能。

[2]　"娚"（jī），指男色、男性与男性之间的性行为。

儒的话》），发现了对"自己灭亡深信不疑"的自我。从《罗生门》到《偷盗》，作品展开了"黑洞洞暗夜""无神"乃至"皆畜生"的世界，我嗫嚅着"夜色将明"，描绘那"不灭的黎明"。然而《齿轮》中的暗夜却是无见黎明的夜的世界。由此落差，可以走马灯似的看出芥川十余年间的心象风景。

《齿轮》的最后一章是《六飞机》，脱稿日第一次殉情未遂。我与小说开篇（"一"）相反，起笔于驾车归家途中，避暑地家中有家人翘盼。此外《齿轮》执笔的当时龙之介正与谷崎润一郎纠缠于"情节论争"的旋涡中，"一"与"六"那般对照性的首尾结构，证实于创作上的计算（恰如其《舞蹈会》之"二"欲擒故纵，在其同年1、2月发表的《玄鹤山房》最初与最后的场面中，也同样配置了意识性的背景）。从我与妻弟的会话中亦可了解，我所面对的是所谓悬空的状态——宛若断了线的风筝。这里确认的正是一种自我的漂流姿势，就像寿陵余子离开了地面却无法升天，就像患了飞机病一般不是起飞也不是着陆。二者处于分裂状态或在复仇之神的觊觎下。而我只是彷徨于"索多玛之夜"。为此最后的一段文字堪称绝笔，凄惨的临场感令人窒息，"此般心绪中活着唯有无以言说的苦痛。期待熟睡中有人无声无息地将我绞杀"。

如前所述，《齿轮》实际上并非绝笔。我的这般混沌状态的思绪，在《西方之人》中获得整理。那才是真正正宗的绝笔。5月殉情未遂后妻子的态度，使他重新冷静地面对死亡。《齿轮》中令我苦恼的两极性乃二律背反，即永远的超越和永远的守护。《齿轮》的病态神经的世界，旨在由并不存在的世界即死亡之眼统治的世界中探究自我。

或许，执笔《齿轮》时，龙之介处在一种精神的混沌状态中。"没有情节的小说"论争亦即情节论争，与芥川的《齿轮》创作处在平行线，他异常透彻、殚精竭虑地描绘自我的病态神经。他要表现的是显露性的神经世界。无可否认,即便这篇绝笔包含有他的算计,《齿轮》的世界中至关重要的苦恼,正是作者当时感同身受的苦恼。为此《齿轮》才有着无可比拟的魅力。

芥川龙之介略年谱（上）

1892年（明治二十五年）—1922年（大正十一年）

1892年（明治二十五年） （0岁）

3月1日，东京市京桥区入船町八丁目一番地（外籍人居留邻接地，现中央区明石町10—11号）。父新原敏三（生年43岁）、母福（生年33岁）。芥川龙之介是长子。父敏三出生于周防国生见村（现山口县玖珂郡美和町见），父亲乃耕牧舍本店经营者，从事牛奶榨取贩卖业。辰年辰月辰日辰刻出生的芥川被起名龙之介。然父母皆厄岁之年生人（父后厄、母大厄），称作"大厄之子"，故按旧来风俗须对龙之介采取遗弃的形式。他们将龙之介遗弃在居家对面教堂前，让松村浅二郎（耕牧舍日暮里分店经营者）捡回做养子。

10月末，生母福突然精神异常，直到病故（1902年）前生活在新原家。龙之介被过继到福的娘家（本所区小泉町一五番地，现墨田区两国三丁目二二番二号）。芥川道章（福之兄，时任东京府土木课长）、侪（有幕末大通人之谓的细木香以侄女）夫妻和伯母蕗成为监护养育者。芥川家为历代江户城旧家——任御数寄屋（茶道茶室）坊主，因而对江户趣味、江户情趣领会颇深，全家研习一中节（传统艺能净瑠璃流派之一）。这样的家庭环境，对日后龙之介其人及艺术发生了很大影响。

1893年（明治二十六年）　　　　（满1岁）
新原家移居芝区新钱座町一六番地（现港区芝浜松町）。

1895年（明治二十八年）　　　　（满3岁）
春至秋，芥川家改建了江户时代的古屋。那是芥川对家的最初记忆。

1897年（明治三十年）　　　　（满5岁）
4月，入江东普通小学校附属幼儿园。
此期的梦想是将来成为海军军官。

1898年（明治三十一年）　　　　（满6岁）
4月，入江东普通小学校（现两国小学校）。此期随一中节师傅宇治紫山之子大野勘一学习英语、汉文和习字。
此期的未来志向是将来成为油画家。

1899年（明治三十二年）　　　　（满7岁）
7月，母亲福精神异常后，姨母冬（福之妹）来新原家帮忙，却与生父敏三生下弟弟得二。

1901年（明治三十四年）　　　　（满9岁）
最初创作的俳句是："落叶焚叶守护神，萧瑟是秋夜。"此期广泛涉猎读书,阅读了许多近代小说。亦由此期开始阅读泉镜花之类现代小说家的作品。

1902 年(明治三十五年) （满 10 岁）

3 月,与同级生创刊传阅杂志《日出界》,封面图绘和插图等由芥川创作。其兴趣亦由阅读发展到创作。

4 月,升入江东普通小学高等科一年级。此期开始,对书籍的兴趣愈发强烈,经常去附近的租书屋、大桥图书馆或帝国图书馆借书,开始阅读泷泽马琴、式亭三马、十返舍一九、近松门左卫门等为代表的江户文学,以及泉镜花、德富芦花(《回想记》《自然与人生》)、尾崎红叶等人的作品和翻译作品。

11 月 28 日,生母福过世。

1904 年(明治三十七年) （满 12 岁）

2 月 10 日,日俄战争爆发。由耕牧舍牛奶配送人久板卯之助处接触到社会主义理念,对非战论者无有反感。

5 月 4 日,作为被告出庭东京地方法院民事部"夕号"法庭,接受审判长讯问。接受废除推定户主地位和财产继承人的判决,8 月入籍芥川家。

8 月 28 日,新原家除籍,与芥川道章结成养父子关系(本所区役所),遂成为芥川家养嗣子,正式成为芥川家养子关系。

9 月 3 日,姨母冬作为生父敏三的后妻入籍新原家。

1905 年(明治三十八年) （满 13 岁）

3 月,江东普通小学校高等科三年修毕。在学期间成绩优秀,原本可两年修毕升中学，却因健康问题和养父关系问题延期一年。

4月，入学东京府立第三中学校（现都立两国高校）。直至毕业五年间的班主任是广濑雄（英语）。

1906年（明治三十九年） （满14岁）

4月30日，与野口真造、大岛敏夫等创刊传阅杂志《流星》，芥川为编集发行人。

1907年（明治四十年） （满15岁）

初识塚本文（当时7岁）。文父乃军人塚本善五郎，日俄战争时期战死。失去丈夫的文母铃（府立三中的亲友山本喜誉司乃铃末弟）寄身娘家山本家（本所相生町，现墨田区两国三丁目），两个子女文与八洲也一同移住山本家。

1908年（明治四十一年） （满16岁）

2月，学年末休学。读高山樗牛全集（全五卷）。

7月24日至8月1日，利用夏季假期，与同学西川英次郎一同赴丹波山、甲府、上诹访、下诹访、小诸、轻井泽方面旅行。

8月11日，走访上野图书馆，借阅《聊斋志异》。此期得暇常阅读志怪小说。

12月24日，学期成绩发表。龙之介第一，西川第三，山本第十三名。

1909年（明治四十二年） （满17岁）

1月1日，赴奈良、京都方面一周旅行。

3月26日，与山本喜誉司赴千叶县铫子（滞留至月末）。

4月初旬，赴静冈，访久能山、龙华寺。在龙华寺拜谒了樗牛墓。

7月末，至翌月，赴京都方面旅行。

8月8日，与同学市村友三郎、中原安太郎等登枪岳山。

10月26日至28日，赴日光修学旅行。后以此体验执笔《日光小品》。

12月6日，任三中《学友会杂志》编委，完成第十五号的编集（翌年2月刊）。芥川于此期刊发《义仲论》，后称此作乃"最初撰写发表的文章"。此期的志向是成为历史学家。

1910年（明治四十三年） （满18岁）

3月，东京府立第三中学校毕业。成绩第一的是西川英次郎，龙之介第二，且多年获成绩优秀者奖。

4月，入学一高（一部乙类），志愿英文科，为考试每日学习10个小时。

4月至5月，在位于芝的新原家生活。

8月5日，由官报获知一高考试合格。这年开始实施的是成绩优秀者推荐入学而无须经过考试。龙之介的入学成绩是面试组第四，第一还是西川。

9月，入学第一高等学校一部乙类（文科）。同学中有石田干之助、菊池宽、仓田百三（翌年转至德法科）、成濑正一、井川恭、松冈让（以上经考试入学），久米正雄、长崎太郎、佐野文夫（以上为面试入学），山本有三、土屋文明（以上为留级组）。此外德法科有奏丰吉、藤森成吉；上一级的文科有丰岛与志雄、山宫允、近卫文麿。

秋季至翌年 2 月，芥川家由本所小泉町迁至府下丰多摩郡内藤新宿二丁目七十二番地（现新宿区新宿二丁目），此处为耕牧舍牧场旁生父新原敏三居家。

1911 年（明治四十四年） （满 19 岁）

2 月 1 日，德富芦花在一高讲演"谋叛论"，攻击大逆事件中的政府处置。

2 月 9 日前后，新居搬迁告一段落。

5 月中旬，喜读《枕草子》。在给山本喜誉司的信中写道："非常喜欢俊成之女和清少纳言。"

9 月，升一高二年级。一高二年级之前，原则上是住宿制，因此寄宿于舍南寮中寮三号。同室者十二人，包括井川恭。但他无法适应宿舍生活，每周周六、周日回家。读书量增大，经常赴一高图书馆、帝国图书馆或丸善书店，涉猎各类图书。此期开始喜好 19 世纪的世纪末文学书籍，从而产生了怀疑主义的、厌世主义的倾向。同时他也对基督教产生了兴趣，与长崎太郎等一同参加了教堂的礼拜，井川恭还送他一部英文《圣经》。

1912 年（明治四十五、大正元年） （满 20 岁）

1 月，执笔《大川之水》（发表于大正三年）。

7 月 30 日，明治天皇驾崩，大正天皇即位，大正年号肇始。

8 月 16 日，和友人（或为中塚癸巳男）两人赴信州、木曾、名古屋等地旅行。

9 月 1 日，升一高三年级。

此期在山宫允陪伴下，初次参加了以吉江孤雁为中心的爱尔兰文学研究会。在那里结识了日夏耿之介、西条八十等。

13日，乃木希典在明治天皇大葬后的午后8时前后，携妻子静子自刃身亡。

11月11日，在横滨歌德座，观看了英国人演出的奥斯卡·王尔德的戏剧《莎乐美》。同行的有井川恭、久米正雄、石田干之助，此日宿泊横滨。

12日，登新子安冈看横滨海大演习，参加观舰式。是夜英国海军巡洋舰管弦乐队登陆，又看了一遍《莎乐美》。

1913年（大正二年）　　　　（满21岁）

4月，菊池宽因佐野文夫宿舍内失窃事件退学，后入京都帝大英文科。

6月22—28日，与井川恭、长崎太郎、藤冈藏六一同赴赤城山、榛名山、伊香保等地旅行。

7月1日，第一高等学校一部乙类（文科）毕业。在27人中成绩名列第二。第一名是井川恭。

9月，入学东京帝国大学文科大学英吉利文学科。久米正雄和成濑正一，与芥川同在英文科；松冈让在哲学科；一高时代的挚友井川恭则入京都帝大法科。

5日，初读陀思妥耶夫斯基《罪与罚》英语版，感触至深。

15日，大学开课。英文科执教鞭的有劳莱斯（主任）、松浦一、斯威夫特、斋藤勇、市河三喜等人。龙之介却对大学的课程渐渐失去了兴趣。

10月，开始寻找新家。分别去牛込、大塚探访土地和屋居（翌年10月末,在田端建了新家并迁居)。

此期开始,频频外出观剧或听音乐会。

11月16日,与藤冈藏六两人赴镰仓探访菅虎雄(一高时期的恩师)并住了一天。在那里看了许多碑文、法帖、书简、扇面等,日后一直对这些抱有兴趣。

1914年(大正三年)　　　　　(满22岁)

1月上旬,患神经质疾病,很长一段时间不接电话,不见朋友,也不写信。以后书信中多有内省词语。

12日,大学开课。

17日,《巴尔萨泽》(法作家阿纳托尔·法郎士的小说日译)脱稿。此译作专为投稿第三次《新思潮》创刊号。

2月12日,创刊第三次《新思潮》。10名同人以一高出身的东大文科生为中心,有丰岛与志雄、山本有三、山宫允(以上为大正元年入学),芥川、久米正雄、佐野文夫、成濑正一、土屋文明(大正二年入学),松冈让(大正三年入学),外加菊池宽。

3月3日前后,与成濑正一参观了巢鸭的疯人院。其后还去参观了医科大学的解剖。

14日,耕牧舍领班松村泰次郎暴卒。面对松村的死,他在给井川恭的信中这样写道:"我感到所有的道德所有的律法都是以死为中心编制的。"

4月14日,处女作小说《老年》脱稿。

5月15日前后,对吉田弥生萌生恋心。他在给井川恭的信中写道:"我不时心生恋情。"

7月20日前后，与堀内利器等一起去了堀内的故乡千叶县一宫，滞留约一个月。此间留下了龙之介与初恋对象吉田弥生的通信。

8月，此间，田端新家构建工事进展。有了迁居的可能性，于是开始考虑搬迁。

30日前后，阅读《弗朗西斯科上人传》，颇感兴趣。毕业论文关注威廉·莫里斯（英国作家），搜集了很多资料。

9月，升级帝大英文科二年级。

第三次《新思潮》9月号停刊（全8号）。

10月末，新家建成，移居府下丰岛郡泷野川町字田端四三五番地（现北区田端）。这里成为芥川终生住居。

此期参观了诸多美术展如二科展、美术院展、文展。

11月，此期对文科课程没兴趣，却坚持听波多野精一（希腊哲学）、大塚保治（美学）的讲座。喜欢马蒂斯，爱读罗曼·罗兰的《约翰·克利斯朵夫》。

1915年（大正四年）　　　（满23岁）

1月，此期与吉田弥生的恋情破灭。曾欲求婚却遭家人反对，最终断念。此次失恋或直接或间接都对龙之介其后的人生发生了重大影响。

2月28日，失恋后，在给井川恭的书信中初次描述了初恋、失恋的详情。翌月9日，又对井川恭和藤冈藏六坦露了失恋带来的痛苦与孤寂。4月23日在给山本喜誉司书信中则说，确信并不存在"脱离自我的爱"。

4月，收集颇多英国19世纪末画家奥伯利·比亚兹莱的绘画。

20日，滞留芝的新原家。吉田弥生来访，却在邻室小心翼翼不想让龙之介觉察。这个月至翌月，在吉田弥生结婚仪式的前一天，在中涩谷的斋藤家两人最后一次见面。

5月初，对吉田弥生的思念渐渐淡漠，恢复了平静。他曾这样记述道："Y（吉田弥生）的事一日一日渐渐（被我）忘却。"

6月，学年末考试。此期看了奥地利剧作家、小说家阿图尔·施尼茨勒[1]的《恋爱三昧》。又听了瓦格纳的作品《特里斯坦与伊索尔德》等五曲。

7月，这个月，为筹措第四次《新思潮》的刊行资金，龙之介决定与成濑正一、久米正雄、松冈让和菊池宽等分担合作，分担翻译罗曼的《托尔斯泰传》的工作。

8月，开始对塚本文（三中时代挚友山本喜誉司的侄女，后结婚）产生好感。在给山本喜誉司的书信中写道："说实话，经常在想文子姑娘。"

3日，午后3点20分，由东京站出发去井川恭的故乡松江。翌日午后，经由京都、城崎抵达松江。在松江的居处是志贺直哉撰写《濠端居处》的处所，可在大海或湖水中游泳，还走访了小泉八云旧居。此外在当地的报纸《松江新报》上，初次以芥川龙之介的署名执笔刊载了《松江印象记》（井川恭连载随笔《翡翠记》全26回中的第14、21、22回）。

22日，返回东京家中。

9月，升入东京帝大英文科三年级。新学年开始，唯有周二、周三、周

---

1 阿图尔·施尼茨勒（Arthur Schnitzler，1862—1931）。

五、周六上午有课。

8日前后，数日间，与成濑正一、逗子（在成濑家的别墅）嬉戏，读书或海水浴。

21日前后，倾倒于米开朗基罗、伦勃朗等天才。

此月，《罗生门》脱稿。

10月，参观了院展（10月11—31日）、二科展（10月13—26日）、文展（10月14日—11月14日）、草土社第一回展（10月17—31日）、岸田刘生和木村庄八的展览会等。

11月4日，《鼻子》起笔。

18日，在漱石门生、法文科林原耕三陪伴下，跟久米正雄初次赴漱石山房造访了夏目漱石。结识了内田百间、铃木三重吉、小宫丰隆、池崎忠孝等，后出席周四会。

21日，给山本喜誉司的信中提到，想与上泷寇（三中时代以来的友人。当时是东大医学部学生）的妹妹建立恋情关系，同时说漏了对塚本文的心意。翌月，对文的思念更加强烈。

此月，与久米正雄、成濑正一、松冈让商量了预定在翌年2月刊行的第四次《新思潮》。

此期，罗曼·罗兰的《约翰·克利斯朵夫》和斯特林堡的小说使他深受感动。在伙伴中还是头号音乐通。

12月3日，精读托尔斯泰的《战争与和平》，毕业论文追究的是莫里斯的"全精神生活"。

此期每日耽读《战争与和平》，感佩不已。关于毕业论文，他说"预定1月1日着手，3月末完成并誊清"。

12日，明确了与塚本文结婚的意愿。

著作

2月1日,《沙上迟日》(刊于《未来》)

4月1日,《火吹达摩》(刊于《帝国文学》)

8月,(推定)基于日记的《松江印象记》(刊于《松阳新报》)

11月1日,《罗生门》(刊于《帝国文学》)

1916年(大正五年)　　　　(满24岁)

1月

20日,《鼻子》脱稿。

23日前后,在芥川家,塚本文渐渐成为话题。

2月

15日,第四次《新思潮》创刊。创刊号上发表了代表作《鼻子》。给井川恭的信中写道:"同人诸君的文稿无法打动我,我只喜欢自己的这部作品。"

此期,他让蕗和冬与塚本文见面,两位姨母都对文持有好感。年末确立为结婚对象。此期忙不胜忙,文稿、毕业论文、结婚问题和身边琐事。

20日,前一天收到夏目漱石来信,信中的评语对《鼻子》赞赏有加。龙之介心怀感激,同时大大地增加了自信。《孤独地狱》脱稿。

3月14日,在三田圣坂教堂为12日死去的琼·劳莱斯(东京帝大英语教师、英文科主任)举行葬礼,龙之介、成濑正一、久米正雄三人列席。

22日，与逗子在烹饪旅馆养神亭住3天后回家。

此期每日为写毕业论文忙不胜忙。

4月

《父亲》《虱子》《酒虫》脱稿。"火烧眉毛"的毕业论文却没有进展。

5月

月末，毕业论文通过。

翌月30日上了《东京朝日新闻》和《万朝报》，他是东大文科八名优等生（85分以上）之一。其他有英文科的丰田实、国文科岛津久基、德文科藤森成吉、哲学科藤冈藏六和东洋史学的石田干之助等。

6月

6日，答辩。

15日，毕业考试终了。

29日，出席本曜会。

此期已与家人约定，结婚对象是塚本文（婚期预定在大正七年）。

7月

12日，下午6点，在本乡东大正门前一白舍为成濑正一举行送别会。成濑翌月3日赴美留学。送别会发起人是芥川、菊池宽、松冈让、久米正雄等。

18日，《野吕松人偶》脱稿。

25日，接受《新小说》杂志约稿。执笔《偷盗》，后中辍改写《山药粥》。

下旬，观看了豪普特曼的电影《亚特兰蒂斯》（帝国剧场，7月

26—31日）。

7月由东京帝国大学文科大学英吉利文学科毕业。成绩在20人中名列第二，第一名是丰田实。一度在籍大学院，后被除籍。

8月

1日，开始创作《山药粥》。

8日，读永井荷风《名花》，感佩不已。

16日，《山药粥》脱稿。

17日，与久米正雄一起赴千叶县一宫。至翌月上旬滞留一宫馆。收到夏目漱石写给久米和自己的四封书简（8月21、24日，9月12日）。另外两封转寄家中。

25日，晨，写信向塚本文求婚。

28日，写信给夏目漱石。

9月

2日，由一宫返回家中。每日为追稿所迫。

25日前后，《手绢》脱稿；《出帆》脱稿。

10月

7日，久米正雄带着《新思潮》10月号来访，谈笑至晚上10点半前后。

此期阅读陀思妥耶夫斯基的《卡尔马佐夫兄弟》，爱不释手。

16日，《烟袋》脱稿。

21日，《烟草》（后改题为《烟草与恶魔》）脱稿。

24日，文坛成名。在给原善一郎的信中写道："只是给文坛递呈了一张入场券。"

11月

5日,经畔柳都太郎(一高恩师)介绍,赴横须贺海军机关学校就职。

8日,海军机关学校禀报海军教育本部长,将其作为"特约英语教授"录用(月薪60日元)。

13日,决定就职海军机关学校。请菅虎雄代寻包饭的寄宿租屋。月末,寄宿镰仓和田塚(镰仓市由比浜)的海滨酒店相邻野间西装洗衣店(野间荣三郎方)附近(八叠租屋、房租5日元、餐费一餐50钱日元)。同时兼任菅忠雄(虎雄之子)的家庭教师。

12月

1日,就任海军机关学校特约教授(英语)。月薪60日元,任课时间21个小时。夜读国木田独步的《篝火》,感动涕零。

5日,海军机关学校开课。

6日,久米正雄来访租屋。

7日,《尾形了斋备忘录》脱稿。

9日,下午6点45分,夏目漱石逝世。午前,久米正雄来电报"先生危笃"。刚刚上任,午前有课,只好11日去夏目漱石家。

11日,午后赴夏目漱石家。傍晚开始守夜。

12日,在青山祭场举行的漱石葬礼上任接待。

13日,返回镰仓宿处。

16日,与菅虎雄一同拜访了圆觉寺宗演老师。走访了与漱石有缘的归源院。

21日,寒假开始(至翌年1月9日)。

22日,夜归田端自宅。

25日，宿夏目漱石宅。年轻弟子们轮番宿泊夏目家。

月内与塚本文订婚。两家签订婚约，约定文由迹见女校毕业后完婚（大正七年二月二日结婚）。

受大学院除籍处分。

著作

1月12日，《论松浦一氏〈文学的本质〉》（《读卖新闻》）

2月15日，《鼻子》（《新思潮》）

15日，"编后记"（《新思潮》）

4月1日，《孤独地狱》（《新思潮》）

5月1日，《献给父亲——矢间雄二氏》（《新思潮》）

5月（推定），《虱子》（《希望》）

6月1日，《酒虫》（《新思潮》）

1日，《翡翠片山广子氏著》（《新思潮》）

1日，"校正后记"（《新思潮》）

8月1日，《仙人》（《新思潮》）

1日，《薄雪双纸（久保田万太郎氏著）》（《新思潮》）

1日，《野吕松人偶》（《人文》）

1日，"校正后记"（→校后记）（《新思潮》）

9月1日，《山药粥》（《新小说》）

1日，《猿——一个海军士官的故事》（《新思潮》）

1日，《创作（小品）》（《新思潮》）

1日，"校后记"（《新思潮》）

10月1日，《手绢》（《中央公论》）

1日,《出帆》(《新思潮》)

1日,《圣·克黎斯朵夫》(《新潮》)

11月1日,《烟管》(《新小说》)

1日,《烟草》(后改名为《烟草与恶魔》)(《新思潮》)

1日,《自驹形久保田万太郎氏著》(《新思潮》)

1日,《藤娘,松本初子氏著》(《新思潮》)

1日,"校后记"(《新思潮》)

一九一七年(大正六年)　　　　(满25岁)

1月

1日,在田端迎新年。初次作为新年号作家发表三部作品。

9日午后,返回镰仓宿处。机关学校时代亦与学生宿舍生活时代一样,周末返回田端自己家中,周一再回镰仓居处。这年是周六上午有课,想必上完课就返回田端。英语教授的工作未必舒畅。

10日,出席海军机关学校开学典礼。

2月

过去常作短歌,此期对俳句产生兴趣,创作了一些俳句作品。他曾这样记述道:"这个时期,我对摆弄十七字短诗充满痴迷。"

9日,开始对作家活动和教官这样的二重生活产生了不满。

3月

5日前后,通过周四会的池崎忠孝中介,准备在阿兰陀书房出版处女作短篇集《罗生门》,具体商定版税、赠书等事宜。

执笔《偷盗》。

8日,重读森鸥外的《山椒太夫》,再度对鸥外的创作技巧感佩不已。他这样记述道:"重新阅读仍旧感佩不已,一般读者恐无法感知其妙处。"

15日,第四次《新思潮》推出"漱石先生追悼号"。遂停刊(全14号)。

《偷盗》的创作不像想象的那般进展顺利。由"一"写到"六"即脱稿。

4月

5日,致佐藤春夫信中写道:"阁下说过与我有共通之处对不?我自己也相信如此。"

12日,伴道章游京都、奈良。

13日,由恒藤导游,访东本愿寺、岚山、清凉寺和金阁寺。

14日,伴道章二人游奈良后,坐京都始发的火车连夜返京。

17日,京都、奈良旅行后返京。

20日,《偷盗》"七"—"九"(《续偷盗》)脱稿。开始一天写三四页,结尾部分一天竟写了17页。

22日(周日),佐藤春夫来访,初次见面。

5月

10日,《浪迹天涯犹太人》脱稿。

23日,处女作短篇集《罗生门》刊行。出于文坛关系的考量下,获赠书者有森田草平、铃木三重吉、小宫丰隆、阿部次郎、安倍能成、和辻哲郎、久保田万太郎、谷崎润一郎、秦丰吉、后藤末雄、野上丰一郎、山宫允、日夏耿之介、山本有三等。版税为百分之八。

31日，赴鹄沼访和辻哲郎。

6月

6日，《东京日日新闻》刊载《罗生门》广告。

16日，在江口涣、佐藤春夫等提议下，承诺举行《罗生门》出版纪念会。发起人是小宫丰隆、谷崎润一郎、池崎忠孝、"星座"同人和《新思潮》同人，发邀请函50份。

20日，午后1点前后，为乘汽艇上军舰"金刚号"航海参观，由横须贺出发赴山口县由宇。

22日，午后抵由宇。途经之地是岩国、京都。

24日，回到自己家。

27日夜，在日本桥鸿巢餐馆举行了《罗生门》出版纪念会。出席者23人，发起人有岩野泡鸣、日夏耿之介、中村武罗夫、田村俊子、泷田樗阴、有岛生马、丰岛与志雄、加纳作次郎、和辻哲郎、北原哲雄等。

7月

初旬，与佐藤春夫、池崎忠孝、江口涣等一同拜访了小石川的谷崎润一郎，后交流日深。

18日前后，读仓田百三的《出家人及其弟子》，感佩不已。写感想寄池崎忠孝和松冈让。

24日，由镰仓返田端家中。以后，凡过暑假都会返回田端。

26日，陀思妥耶夫斯基的《卡尔玛佐夫》阅读终于接近了尾声。《偷盗》的改稿延期至年尾。

8月

15日，《大石内藏之助的一天》脱稿。

31日,暑假结束。

9月

1日,出席机关学校入学典礼。

5日,作为夏目笔子(漱石长女)夫婿后补,芥川成为议论对象,为此写信给塚本文解释:"做梦未曾想过跟其他人结婚能获幸福。除了跟文。"

12日,移居横须贺市汐入580地尾鹫梅吉方二层(面积八叠)。

19日前后,开始厌恶教师生活,考虑放弃这样的二重生活,专注于文学创作。

20日,承诺为《大阪每日新闻》撰写连载小说(翌月起笔15回连载的《戏作三昧》)。

23日,出席二科展(9月9—30日)、院展(9月10—30日)。

10月

4日前后,读志贺直哉《和解》,感佩不已。

28日(周日),谷崎润一郎来访(田端)。午后稍晚,公私兼顾访畔柳都太郎。当日宿芝新原家。

29日,出席后藤末雄宅召开的帝国文学会。傍晚返回横须贺。

月末,久米正雄与夏目笔子恋情破裂,松冈让则与笔子结婚。

11月

5日,塚本文来访。共进晚餐后返回横须贺。

10日,第二部作品集《烟草与恶魔》刊行(当初的预定是《偷盗》)。

15日,《西乡隆盛》脱稿。

17日(周六),因晋级会议缺席三土会。

此期为《新小说》新年号执笔《文明的杀人》(结果完成的却是《西乡隆盛》,翌年发表于《中央公论》)。

12月

4日,《掉头的故事》脱稿。

8日下午4点,出席神乐坂"末吉"举行的漱石一周忌。

列席者30余名,铃木三重吉、森田草平、小宫丰隆、野上丰一郎、津田青枫、安倍能成、岩波茂雄、久米正雄、池崎忠孝、松冈让、内田百闲和泷田樗阴等。晚11时散会。

11日前后,开始用"我鬼"之号。

预定来春结婚日程,开始物色移居镰仓的居宅。翌年2月末最终确定,3月29日与文一起迁居镰仓。

著作

1月1日,MENSURA ZOILI (《新思潮》)

1日,《短歌代表作选·若山牧水金子薰园》(《新思潮》)

1日,《微明,新井洸氏著竹柏园版》(《新思潮》)

1日,"校后记"(《新思潮》)

1日,《尾形了斋备忘录》(《新潮》)

1日,《运》(《文章世界》)

29日,《道祖问答》(《大阪朝日新闻》[夕刊])

2月1日,《新春文坛印象》(《新潮》)

3月1日,《忠义》(《黑潮》)

11日,《狢——献给松冈》(《读卖新闻》)

15日,《葬仪记》(《新思潮》)

4月1日,《偷盗》(《中央公论》)

5月5日,《我所走过的路/罗生门》后记》(《时事新报》)

23日,《罗生门》(初刊本)(《阿兰陀书房》)

6月1日,《浪迹天涯的犹太人》(《新潮》)

7月1日,《续偷盗》(→《偷盗》)(《中央公论》)

1日,《我与创作》(《文章世界》)

25—29日,《军舰金刚航海记》(《时事新报》)

8月1日,《产屋,献给萩原朔太郎君》(《钟》)

1日,《蚊帐中的蚊子》(《文章俱乐部》)

1日,《最初的理想是做历史学家》(后改名为《步入文坛之前》)(《文章俱乐部》)

9月1日,《两封信》(《黑潮》)

1日,《大石内藏之助的一天》(《中央公论》)

1日,《田端日记》(《新潮》)

1日,《自撰自笔碑文》(埼玉县莲田市大字根金、稻荷神社)

10月1日,《蛙与女体》(后先后改名为《蛙》《女体》)(《帝国文学》)

1日,《单相思》(《文章世界》)

1日,《黄粱梦(小品)》(后改名为《黄粱梦》)(《中央文学》)

11月1日,《为了一个明晰的形态》(《新潮》)

1日,《真正的文体》(《中央文学》)

1日,《论创刊号之歌》(《短歌杂志》)

10月20日—11月4日,《戏作三昧》[《大阪每日新闻》(晚刊)、10月22日休载]

10日,《烟草与恶魔》(新潮社)

12月1日,《痛感之危险》(《新潮》)

12日,《逮夜句座》(《涩柿》)

1918年（大正七年） （满26岁）

1月

1日前后，找到前年年末托菅虎雄父子找寻的候补租屋。

9日，寒假结束。

13日（周日），傍晚，出席鸿巢举行的日夏耿之介处女诗集《转身脸颊》出版纪念会。会上结识室生犀星，日后成为至交。

25日，赴鹄沼（东屋？）访谷崎润一郎，宿。

31日，为大阪每日新闻社社友之事，求助于薄田泣菫（《大阪每日新闻》文艺部部长）。

2月

2日（周六），与塚本文结婚。在田端的白梅园举行婚礼家宴。芥川家出席的有养父道章、养母侹、姨母蔬、叔父竹内显二、生父新原敏三与后母冬。婚礼喜宴在居家附近的自笑轩内举行，友人中出席者有菊池宽、江口涣、池崎忠孝和久米正雄。夏目漱石夫人镜子亲自选购了一张桌子，作为结婚贺礼。结婚新居未定，只好暂且住在田端的家中，通勤于机关学校。

3日（周日），经铃木三重吉介绍，小岛政二郎来访，后结为挚友。

7日前后，去八幡前等处看房。此期镰仓的找房临近尾声，26日之前做出了决定。

13日，机关学校辞呈事私下获准。再度为社友之事求助于薄田泣菫，并附带了具体的条件（月薪额50日元、稿酬照旧等）。

26 日之前确定了新居。

月末，二度变更的结果，决定给《大阪每日新闻》撰写连载小说《地狱变》。

3 月

1 日，《地狱变》四、五回脱稿。

29 日，迁居镰仓町大町字辻小山别邸内（八叠二间、六叠一间、四叠二间、浴室、厨房、卫生间）。当初姨母蕗也同居于此，翌月中旬返回田端。蕗以后亦时时来访镰仓。

4 月

前月初开始创作《地狱变》，却因公务繁忙（试卷调查、《美国海军教育》的字句修正等），交稿拖到了 4 月下旬。

9 日前后，自称罗伯特·勃朗宁（英国诗人、剧作家）的信徒，痴迷阅读罗伯特·勃朗宁的作品。

16 日，《蜘蛛之丝》脱稿。

22 日，加薪为月薪 70 日元。

5 月

5 日，有岛生马来访。

7 日前后，师从高浜虚子。前一年年末，请菅虎雄为自己引荐了虚子。

13 日，《地狱变》脱稿。

此期，杂志记者常来机关学校。

30 日，与黑须康之介一同，赴广岛县江田岛海军士兵学校参观（至 6 月上旬）。

6月

4日，参观江田岛海军士兵学校。归途与黑须康之介宿奈良。

5日，滞京都。

6日，到大阪。访大阪每日新闻社，会薄田泣堇。

10日前后，返回镰仓。

19日，为《中央公论》撰写的《文明的杀人》脱稿。

7月

8日，第三作品集《鼻子》刊行。《罗生门》末尾一句改为："仆人的行踪无人知晓。"

18日，暑假开始（至8月31日）。

31日前后，产生《素戈鸣尊》创作构思，写信告知薄田泣堇。

8月

13日，《基督徒之死》脱稿。《枯野抄》起笔。

20日前后，与菊池宽、久米正雄、江口涣、小岛政二郎、菅虎雄等在镰仓开会。

27日前后，在东京一带求职。频繁委托小岛政次郎协助。

此外与之前相同，周末一般回田端的家。因此会面多定在周日。

31日，暑假结束。

9月

4日前后，4日至22日之间，通过庆应预科的教员小岛政二郎，应聘庆应义塾英文科教授职。因扩张海军，翌年机关学校的学生计划增加三倍，授课时间倍增。因此他换工作的想法益趋强烈。此时周平均课时为八节。虽说也有没课的日子，但上午8点至下午3点，基本没有自由时间。

22日（周日），接东洋精艺会社社长希望转让的书信，社长以为《基督徒之死》中的《圣徒金传》（LEGENDA AUREA）实有其书。

10月

7日下午6时，在鸿巢出席谷崎润一郎赴中国旅行的送别会。

14日，庆应义塾应聘之事有很大进展，告知小岛政二郎翌月末向机关学校提交辞呈。

18日，给小岛写信："学校之事拜托。最近时常感觉已经回到了东京。"

21日，了解庆应义塾招聘条件。书信将芥川的情况告知小岛政二郎。

翌年新年号已有七份约稿，五份婉拒，集中撰写连载小说。

11月

2日（周六）前后，西班牙流感卧床（至8日）。极度衰弱。作辞世俳句。这年春开始西班牙流感大流行，至翌年死者达15万人。

5日，决定第三短篇集的标题为《傀儡师》。

17日（周日），为就职庆应义塾，将履历书寄小岛政二郎。

此期，会见了泽木四方吉（庆大教授），事情进展顺利，称"10人中8人赞成"。此期同时进行的还有大阪每日新闻社社友之事。最终庆应义塾的事情没有成功。

12月

5日，《毛利先生》脱稿。

8日（周日），出席漱石的三回忌逮夜会。夜返镰仓。

15日（周日），出席本乡燕乐轩举办的剧团招待宴，初识佐佐木茂索，后为挚友。

18 日，寒假开始（至翌年 1 月 9 日）。

20 日，《那时候自己的故事》脱稿。截稿期是 15 日，在镰仓收到记者催稿信，故由前一日彻夜赶稿。

月末，至正月，滞田端自宅。

著作

1 月 1 日，《掉头的故事》(《新潮》)

 1 日，《西乡隆盛——致赤木桁平》(《新小说》)

 1 日，《英雄之器》(《人文》)

 1 日，《往昔——我这样看》(《东京日日新闻》)

 1 日，《良工苦心》(《文章俱乐部》)

 1 日，《喜好文学的家庭》(《文章俱乐部》)

 3 日，《饶舌》(《时事新报》)

2 月 1 日，《旁观者》(《短歌杂志》)

 24 日，《南瓜》(《读卖新闻》)

3 月 5 日，《浅春集》(《鸣钟》)

4 月 1 日，《世之助的故事》(《新小说》)

 1 日，《袈裟与盛远》(《中央公论》)

5 月 1 日，《文艺杂话饶舌》(《新小说》)

 1 日，《巴巴贝克与婆罗门行者——Voltaire》(《帝国文学》)

 1 日，《主义一语的含义》(《新潮》)

 1 日，《好人恶公卿》(→丰岛与志雄氏逸事)(《新潮》)

 1 日，《展现眼前的文章——漱石氏的小品——适切的表现》(《文章俱乐部》)

3日，《杂咏》（后改名为"《杜鹃》'杂咏'栏"）(《杜鹃》)

1—22日，《地狱变》(《大阪每日新闻》(晚刊)、5月16日休载）；(《东京日日新闻2—22日》连载、18日休载）。

6月1日，《恶魔（小品）》(《青年文坛》)

5日，《杂咏》（后改名为"《杜鹃》'杂咏'栏"）(《杜鹃》)

7月1日，《蜘蛛之丝》(《赤鸟》)

5日，《杂咏》（后改名为"《杜鹃》'杂咏'栏"）(《杜鹃》)

8日，《鼻子》(《春阳堂》)

15日，《文明的杀人》(《中央公论》)

22—29日，《在京都》（后改名为《京都日记》）(《大阪每日新闻》)

8月1日，"《结婚前》评价"(《新演艺》)

1日，《菊池的艺术》(《秀才文坛》)

1日，《信浓上河内》(《新潮》)

1日，《我所喜欢的夏季料理》(《中央公论》)

1日，《我所喜欢的夏季女人身姿》(《妇人公论》)

1日，《杂咏》（后改名为"《杜鹃》'杂咏'栏"）(《杜鹃》)

9月1日，《基督徒之死》(《三田文学》)

1日，《虚子庵小集》(《杜鹃》)

10月1日，《枯野抄》(《新小说》)

1日，《铃木君的小说》(《秀才文坛》)

1日，《我所厌弃的女性》(《妇人公论》)

1日，《杂咏》（后改名为"《杜鹃》'杂咏'栏"）(《杜鹃》)

11月1日，《鲁西埃尔》(《雄辩》)

- 123 -

1日,《排斥某种坏倾向》(《中外》)

1日,《永久不愉快的二重生活》(《新潮》)

1日,《我的创作实际》(《文章俱乐部》)

12月1日,《袈裟与盛远的情交》(《新潮》)

1日,《看俳画展览会》(《杜鹃》)

1日,《最愉快的时刻》(《短歌杂志》)

1日,《杂咏》(后改名为"《杜鹃》'杂咏'栏")(《杜鹃》)

3日,《杂咏》(《读卖新闻》)

10月23日—12月13日,《邪宗门》[《大阪每日新闻》(晚刊)。休载日为:10月25日,11月3—11、13—17、21、26日,12月2、8、10日];[《东京日日新闻》(晚刊)10月24日—12月18日连载。休载日为:11月1、4—12、16、18—22、24日,12月2—5、7—9日]

1919年（大正八年）　　　（满27岁）

1月

9日,寒假结束。返回镰仓。

11日,午后5点半,出席日本桥下横町末广本店举行的成濑正一归国庆祝会。

12日（周日）,跟薄田泣堇提出条件（入社后无坐班义务,一年撰写小说的分量）,期待成为大阪每日新闻社的社员。

15日,第三短篇集《傀儡师》刊行。

《开化的丈夫》脱稿。

2月

5日前后,入学考试出题。执笔《基利西特奇僧传》。

8日前后，时任《时事新报》记者的菊池宽为芥川就职大阪每日新闻社斡旋。

15日（周六），和菊池宽一起接到大阪每日新闻社3月入社的通知。新闻社想确认的是如下三个问题：①可否为杂志执笔？②条件的每年一百二三十篇中是否包括随笔？③菊池和芥川二人，能否为《大阪每日新闻》和《东京日日新闻》文艺栏同时撰写月评？

17日，患流感发烧，在田端卧床至月末，学校停课至翌月初。

20日，就大阪每日新闻社入社内定，给薄田泣堇写了感谢信。15日询问的三点中，《东京日日新闻》文艺栏的设置未能实现。

24日，在此之前，已通过主任教授，向海军机关学校提交了书面的退职申请。同时开始考虑"入社致辞"。

3月

《杜子春》脱稿。

3日，从田端返回镰仓。

8日（周六），收到大阪每日新闻社客员社员任职通知。稿酬另算，月薪130日元。海军机关学校方面，预定4月初辞职，只好先退职再谋他职。

13日，敏三患西班牙流感住院。接到电报后返回东京，当日宿医院。

16日（周日）晨，生父敏三在东京医院病逝（享年68岁）。

28日，机关学校最后一课。

31日，海军机关学校退职。"令自己不愉快的二重生活永久"打上休止符。

4月

3日，原本拟于3月末退职，但尚未收到机关学校的免职通知。《蜜柑》脱稿。

28日，搬离镰仓，搬回田端自己家中。在田端跟养父母、姨母一起生活。二楼的书斋挂着菅虎雄书写的匾额"我鬼窟"，决定仅周日会客，其他日子谢绝会客。

承诺为《大阪每日新闻》撰写连载小说《路上》（40、50回上下），6月末开始连载。

5月

4日（周日），与菊池宽一起赴长崎旅行。菊池却因感冒头疼在冈山下了车，于是芥川在尾道中途下车，独自一人赴长崎。

5日，抵达长崎。

6日，访大浦天主堂，与伽拉西神父交谈"小半日"。访长崎图书馆，芳名录上署名。受永见德太郎（长崎名家）关照。

8日，与迟到的菊池宽一起观览长崎市，看永见家所藏长崎绘画等，大大满足了自己的南蛮基督教趣味；又与当时的长崎县立医院精神科部长斋藤茂吉会面。

10日（周六），由长崎出发返回大阪。遂与菊池宽一起赴大阪每日新闻社。

15日，在京都观览葵祭。

18日（周日）夜，结束长崎、大阪、京都方面旅行返回家中。

25日（周日）晨，《路上》之"一"脱稿。午后塚本八州来访。

26日午后，谷崎润一郎来访，二人又去访菊池宽。菊池却不在。

29日，赴东京日日新闻社洽商"文艺栏"。

30日傍晚，谷崎润一郎与小林势以子结伴来访，谈笑至晚9点前后。这日有了一只小猫。

31日傍晚，出席神田西洋料理店御门举行的"惠特曼百年纪念"活动并致辞。在那里见到有岛武郎、与谢野铁干及晶子夫妇、室生犀星、斋藤勇和多田不二等。

谢绝来客，再度由第一回起笔《路上》。

6月

1日（周日）晨，室生犀星来访，收《爱情诗》第二。

2日，午后，与新原得二赴浅草看美国电影《咒家》。

6日午前，小林势以子来访。傍晚会见久米正雄、山本有三，又与久米一起访菊池宽、小岛政二郎、冈荣一郎（皆不在）。

7日晨，泷田樗阴来访，书画簿上记下俳句、短歌。午后观《万尼亚舅舅》舞台剧排演。

9日午后，访谷崎润一郎宅。傍晚与谷崎、久米等在乌森古今亭聚餐。坐出租车绕道谷崎家后返回自宅。

10日傍晚，初次出席神田西洋料理店御门举行的例会。岩野泡鸣、菊池宽、江口涣、泷井孝作、有岛生马等列席。初识秀繁子。随后去本乡燕乐轩举行的室生犀星《爱情诗集》出版纪念会（却已散会）。

16日夜，与成濑正一观新剧（话剧）协会第一次公演的《万尼亚舅舅》（有乐座，6月16—18日）。

18日，与比吕、得二、文一同去看《万尼亚舅舅》。

19日，收到大阪每日新闻社催稿电报。

21日夜，泷井孝作来访，玄关谢客。

22日（周日），午后1时，出席欢迎《赤鸟》主编山田耕筰归国音乐会（帝国剧场）。结识泽木梢、井汲清治。当晚又出席比亚斯特罗·米洛维奇演奏会（庆应大学）。

25日，赴赤城台访翌月赴中国访问的山本喜誉司。

28日午后，在东京高等工业学校文艺部主办的讲演会上，做了题为"怎样读小说"的初次讲演。

29日（周日），于自宅举行俳句演习会"我鬼窟百鬼会"，室生犀星等出席。

7月

3日前后，为执笔《路上》，谢绝了周日以外的会面。

7日晚，跟谷崎润一郎吃甲鱼料理。

13日前后，大阪每日新闻社提出，派其赴中国旅行。在给薄田泣堇的书简中写道："看样子这次中国行非去不可。"此外报上也看到此消息——芥川将赴中国旅行。

25日午后5时半，出席万世桥御门举行的江口涣《赤帆》出版纪念会。作为发起人之一，会上初识宇野浩二。

30日，《路上》创作受阻，完成连载希望渺茫。

8月

1日，希望尽早了结《路上》的创作。

8日，《路上》连载中止。文末写道："以上作为《路上》之前篇。后篇期待他日奉上。"但最终后篇付诸阙如。再赴三浦半岛（以金泽八景为中心）方面。

13日，《于连·吉助》脱稿。

23日，罹患流感，在金泽八景的医院住院。住院期间执笔《妖婆》。结果仅完成了一半,最终以"前篇"的形式发表。

26日,由金泽八景返回家中。

9月

10日午后,访菊池宽,会宫岛新三郎(《早稻田文学》评论家)。傍晚出席十日会,会见秀繁子,夜失眠。

11日,南部修太郎对《妖婆》持批评态度。龙之介提出反论,认为好过《路上》。与南部的论战持续至16、18日。

12日,思念"愁人"秀繁子。

15日午后,访江口涣后,初次单独与秀繁子约会,夜归。"心绪乱如麻"。

22日深夜零时许,《妖婆》续篇脱稿。

25日午后,出席院展(9月1—28日)和二科展(9月1—30日)。再会秀繁子。夜归。

28日(周日)傍晚,与菅、佐佐木赴自由剧场看公演,当日上演的是白里欧作,小山内薰翻译的《信仰》(帝国剧场,9月26—30日)。

10月

3日,获室生犀星赠《爱情诗集》,致函并附诗以表谢意。

7日(或8日),《艺术与其他》脱稿。

26日(周日)午后。会客日。却外出。晚上受久米正雄邀请,一起去看新歌舞伎研究会的第一次公演——冈本绮堂的《亚米利加使者》等(帝国剧场,10月26—30日)。

11月

5日前后,着手创作翌年的新年号原稿。此时此刻,8日的讲演会讲稿尚未完成。

8日（周六）午后1时，在大手町大日本私立卫生会馆召开的第一届东京日日新闻社主办的文艺讲演会上，做了"代开幕辞"讲演。

10日，《魔术》脱稿。

11日，午后12时半前后，跟佐佐木茂索在白木屋会合，一起去国展。

15日，赴龙村平藏（西阵织物师）展览会，感佩不已。翌日发表《龙村平藏氏的艺术》。

16日（周日），谷崎润一郎、佐佐木茂索、小岛政二郎等来访。

23日（周日），在泷井孝作的陪伴下，小穴隆一（画家）初次来访。后为终生挚友。

24日，执笔《灵鼠神偷次郎吉》。

12月

6日，《灵鼠神偷次郎吉》脱稿。

11日，《葱》脱稿。

17日夜，发烧卧床。

新年号文稿《舞蹈会》《尾生之信》《漱石山房之秋》等脱稿。

22日前后，频繁将自己的俳句作品递呈泷井孝作，请求批评。

著作

1月1日，《毛利先生》（《新潮》）

1日，《那时候自己的事儿》（《中央公论》）

1日，《樗牛逸事》（《人文》）

1日，《兄长般的心情》（《新潮》）

1日，《写小说多因受朋友影响》(《新潮》)

1日，《女形》(《大观》)

1日，《予之苦心点》(《中央文学》)

6日，《杂笔》(后改名为《镜》《鞋牌》)(《大阪每日新闻》)

8日，《〈心之王国〉跋》(菊池宽《心之王国》，新潮社)

12日，《新年杰作出自何人？》(《时事新报》)

1月15日，《犬与笛》(《赤鸟》)

15日，《傀儡师》(初刊本)(新潮社)

2月1日，《开化的丈夫》(《中外》)

3月1日，《基利西特奇僧传》(《新小说》)

1日，《杂咏》(后改名为"《杜鹃》'杂咏'栏")(《杜鹃》)

23日，《写给有志于成为文艺家的诸君》(府立第三中学校学友会《学友会杂志》)

4月1日，《余的读者及读者给予的感铭》(《中央文学》)

1日，《小说家喜欢的小说家及其风格》(《抒情文学》)

10日，《谷崎润一郎论》(《雄辩》)

11日，《女杀油地狱》(后改名为《有乐座的〈女杀油地狱〉》)(《东京日日新闻》)(《大阪每日新闻》12日)

5月1日，《续基利西特奇僧传》(后改名为《基利西特奇僧传》)(《新小说》)

1日，《我遇到的事儿》(后改名为《蜜柑》《沼地》)(《新潮》)

1日，《龙》(《中央公论》)

1日，《余之文章最初成为铅字的时候》(《文章俱乐部》)

1日，《芥川龙之介氏纵横谈——新进作家访问记（1）》(《文章俱

乐部》）

  13日，《鉴定》（《东京日日新闻》）

6月1日，《诗人乃文学之本》（后改名为《佐藤春夫氏》）（《新潮》）

  3—10日，《6月文坛》（后改名为《大正八年六月的文坛》）（《东京日日新闻》，8日休载）；（《大阪每日新闻》4—13日连载，8—12日休载）

  20日，《罗生门》（再版）（新潮社）

7月1日，《疑惑》（《中央公论》）

  1日，《〈巴尔萨泽〉序》（《新小说》）

  15日，《新思潮选》（与菊池宽合编）（玄文社）

  27日，《后世》（《东京日日新闻》）

8月1日，《杂咏》（后改名为"《杜鹃》'杂咏'栏"）（《杜鹃》）

6月30日—8月8日，《路上》（《大阪每日新闻》，7月4、9、15、23日休载）

8月15日，《难忘的印象》（高木角治郎编《伊香保土产》，伊香保书院）

8月（推定），《久米正雄氏逸事》（初出未详）

9月1日，《于连·吉助》（《新小说》）

9月1日、10月1日，《妖婆》（《中央公论》）

  1日，《人鱼的叹息·魔术师》（广告文）（《新小说》）

  1日，《七八年前》（《新潮》）

  1日，《我鬼句抄》（《圣埃斯》）

  15—16日，《窗——致泽木梢氏》（《东京日日新闻》）

11月1日，《阴影中富含的性格》（后改名为《江口涣氏逸事》）

（《新潮》）

1日，《艺术及其他》（《新潮》）

9日，《春草会》（《读卖新闻》）

16日，《龙村平藏氏的艺术——15、16两日在日本桥俱乐部举办作品展》（《东京日日新闻》）

30日，《芥川龙之介氏讲演会小记》（浅草文库）

12月1日，《本年度的作家、书物和杂志》（《东京日日新闻》）

1日，《"日高川""赤松"等——国展有感》（《中央美术》）

5日，《大正八年度的文艺界》[大阪每日新闻社·东京日日新闻社编纂《每日年鉴》，大正九年（1920）年版]

1920年（大正九年）　　　　（满28岁）

1月

上旬，出席前一年开始的、茅野雅子主办的春草会。秀繁子每次参加。芥川亦将数年的关心会集于俳句。前一年9月与秀繁子相识，那种刺激使他再次显示了对于短歌的关心。

12日，为商榷自由画展览会相关事宜，访东京日日新闻社。接新诗社新年歌会的邀请，伴江口涣出席。会上初识高村光太郎、生田长江等。

15日前后，明治座讲演，观《信长记》《大藏卿》《关小调》等。翌日发表《九年一月明治座评》。

18日（周日），为佐佐木茂索写介绍信给森鸥外（在菊池宽的推荐下，这月开始任《时事新报》文艺栏主任）。

28日，第四部作品集《影灯笼》刊行。

2 月

　　8 日，井上猛一介绍新内会，原定出席，却因下雪而缺席。

3 月

　　为《秋》的创作，经介绍初识平松麻素子（文幼时闺蜜）。

　　11 日，《秋》之"二"（或是"三"）脱稿。递呈《中央公论》编辑部。13 日、17 日，向总编泷田樗阴提出字句修正的请求。

　　17 日，提出《秋》之"三"的改稿申请。彻夜撰写《秋》之"四"，终于脱稿。

　　24 日，发现邻居香取家发生火灾。

　　27 日前后，苦于《素戈鸣尊》的执笔，给薄田泣堇的书信中写道："些许后悔的是，自己没有好好练习神代小说的写作。"

　　《黑衣圣母》脱稿。

4 月

　　9 日，对《秋》多少拥有自信。在给泷井孝作的书信中他写道："渐渐开始转向，开始写那样一种倾向的小说。"

　　10 日（周六），长子出生（3 月 13 日出生入户口簿）。由菊池宽的宽字取名比吕志。

　　26 日，读小岛政二郎的《敌视》，给小岛的信中称之为"杰作"。

5 月

　　1 日（周六），在商科大学英文学讲话课程上，做了题为"作为 Story-teller 的 E.A.Poe"的讲演。

　　春，在上野清凌亭初识佐多稻子（当时 15 岁），当时的工作是客厅女侍。以后经常约朋友去清凌亭。

6月

3日前后,《素戈鸣尊》脱稿。

9日前后,接前一年7月话题,又开始筹划他的中国旅行。

11日,在金铃社的讲演会上,做有关西洋怪物的讲演。

12日前后,观新富座讲演。15、16日发表《新富座剧评》。

22日,在美术学校俱乐部举行的梅檀会(新进木雕家团体)例会上,和本间久雄一起,做关于威廉·莫里斯的讲演。

《南京的基督》脱稿。

7月

此期,据新闻报道,外出避暑,月末守在田端。

14日,《影》脱稿。

15日,写信给南部修太郎,对其《南京的基督》论表示抗议。

17日,再度写信给南部修太郎,对其《南京的基督》论表示抗议。

20日,《弃儿》脱稿。

8月

1日(周日),赴宫城县青根温泉避暑。滞留至28日。一直写稿,但《中央公论》9月号的稿约延期至10月号。

9月

此期(8日),为取材《阿律和孩子们》,在小岛政二郎引导下,访横山町批发街。

13日,由佐佐木茂索处获得新的安眠药。

20日前后,画多幅河怪画。在给小穴隆一的信中他写道:"最近总画河童画,觉得河童也挺可爱的。"

10月

2日（周六），似去听了音乐会。

9日，在庆应大学举行的、间宫茂辅等人的《雀巢》10号纪念文艺讲演会上，做题为"文艺杂感"的讲演。

11日晚，为写剧评，观看了市村座的公演。

23日（周六），《阿律和孩子们》之"三"脱稿。

月末，患病卧床。

11月

11日，告诉小岛政二郎，《阿律和孩子们》未完，后面的二、三回，想以阿缟为主人公。

此期，开始执笔新年号文稿。

12日前后，在明治座讲演中观看《明治维新》《义贞使者》《剃毛》等。翌日发表《九年十一月明治座评》。

15日，小岛政二郎、佐佐木茂索、大桥房子等来访。

16日，与久米正雄、菊池宽、直木三十五、佐佐木茂索、宇野浩二等，参加主潮社（日本画家团体）主办的公开讲座讲演旅行。

17日，午后5时到达京都。至晚10时前后，京都观览。后返回大阪。

18日，在大阪中之岛公会堂，靠《珍珠夫人》博得人气的菊池宽，发表题为"艺术的利益和需要"的讲演。此外直木三十五、田中纯等也登上讲坛。这天没有安排芥川讲演。

19日，在大阪中之岛公会堂做题为"偶感"的讲演。

20日，大阪每日新闻社主办，举行了芥川、菊池宽的欢迎会。但这日去市里访恒藤恭迟归缺席（宇野浩二代理出席）。

21日（周日），赴主潮社主办的展览会。傍晚观文乐座公演。午后7时许抵达京都。

22日，阵雨中，京都一日游。预定当晚返京，却在宇野浩二劝诱下，决定绕道木曾、诹访方面。深夜1时许，由京都出发赴诹访。

23日凌晨4时，抵达名古屋，换乘中央线，抵信州诹访。

夜，宇野浩二介绍了熟稔的艺伎原富（《努子》的主人公原型）。滞留中三人还去上诹访观赏了活动写真（电影）。当日宿下诹访龟屋宾馆。

28日（周日）傍晚返京。给原富写了感谢信。

12月

初旬，为新年号文稿执笔，每天忙得焦头烂额。

7日，《秋山图》脱稿。正式开始为《中央公论》撰稿（《山鹬》）。

15、16日脱稿。

9日，《梵神》脱稿。

12日（周日），虽为会客日，却为写稿谢绝会客。

28日，与小穴隆一赴清凌亭，加上佐多稻子一同进餐。

31日傍晚，在清凌亭召开内部忘年会。

著作

1月1日，《魔术》（《赤鸟》）

1日，《灵鼠神偷次郎吉》（《中央公论》）

1日，《葱》（《新小说》）

1日，《舞蹈会》（《新潮》）

1日，《致有岛生马君》（《新潮》）

1日,《尾生之信》(《中央文学》)

1日,《动物园》(《圣埃斯》)

1日,《山庄中》(后改名为《漱石山房之秋》)(《大阪每日新闻》)

1日,《我的生活(3)》(后改名为《我的生活》)(《文章俱乐部》)

1日,《与我鬼氏座谈》(《杜鹃》)

1日,《日记作法》(《中央文学》)

1日,《杂咏》(→杜鹃"杂咏"栏)(《杜鹃》)

16日,《明治座剧评》(后改名为《九年一月明治座评》)(《东京日日新闻》)

28日,《影灯笼》(初刊本)(《春阳堂》)

28日,"附记"(后改名为《〈影灯笼〉附记》)(《影灯笼》)

3月1日,《回忆大须贺乙氏》(《常磐木》)

1日,《选自〈我鬼窟日录〉》(《圣埃斯》)

4月1日,《小品两种》(后分别命名为《沼》和《东洋之秋》)(《改造》)

1日,"未定稿"(《新小说》)

1日,《秋》(《中央公论》)

1日,《一部作品完成之前——〈枯野抄〉〈基督徒之死〉》(《文章俱乐部》)

1日,《我所喜欢的浪漫女性》(《妇女画报》)

1日,《春草会咏草》(《淑女画报》)

8—13日,《4月月评》(后改名为《大正九年四月的文坛》)(《东京日日新闻》,10日、12日休载)

5月1日,《一个敌对者的故事》(《雄辩》)

1日,《黑衣圣母》(《文章俱乐部》)

1日,《女人》(《解放》)

6月1日,《过分亲密、难以描述的久米正雄印象》(《中央文学》)

1日,《中央文学问答》(《中央文学》)

1日,《神经衰弱和樱花手杖》(后改名为《近藤浩一路氏的故事》)(《中央美术》)

1日,《短歌杂感》(《短歌杂志》)

30日—6月6日,《素戈鸣尊》(后改名为《老年素戈鸣尊》)[《大阪每日新闻》(晚刊),休载日：4月5、8、10、12、17、19、21、25、26、28—30日,5月3—6、8、10—12、16、17、24、31日](《东京日日新闻》连载至6月7日,休载日为：4月4、5、13—15、21、22、26—28、30日,5月1、3—6、8—11、13、14、17、22日,6月1日)

4月1、5、15日,6月15日,《骨董羹》(《人间》)

15、16日,《新富座剧评》(《东京日日新闻》)

7月1日,《南京的基督》(《中央公论》)

1日,《杜子春》(《赤鸟》)

1日,《枪岳纪行》(《改造》)

1日,《大正九年度文坛上半期总结》(《秀才文坛》)

1日,《我所喜欢的自然》(《中央文学》)

8月1日,《弃儿》(《新潮》)

1日,《超短篇小说·两篇》(后将两篇分别命名为《尘劳》《秀吉与神》)(《电气与文艺》)

1日,《彼之长处十八》(《新潮》)

1日,《像似西洋画的日本画》(《中央美术》)

　　　1日,《爱读书的印象》(《文章俱乐部》)

9月1日,《影》(《改造》)

　　　1日,《〈槐多之歌〉赏析》(《新小说》《中央文学》等)

　　　15日,《杂笔——引自手记》(《竹田》《舔颊》《芭蕉》《蜻蛉》《孩童》《十千万堂日录》《邻室》《年轻》《痴情》《竹》《贵族》)(《人间》)

　　　20日,《评〈阿修罗帖〉》(伊东忠太·杉村楚人冠《阿修罗帖第二卷》,国粹出版社)

10月1日,《我所喜欢的女人》(《妇女俱乐部》)

　　　1日,《续动物园》(→动物园)(《圣埃斯》)

　　　15日,《市村座剧评》(后改名为《九年十月市村座评》)(《东京日日新闻》)

10月1日,11月1日,《阿律和孩子们》(《中央公论》)

　　　1日,《汉文汉诗的趣味》(《文章俱乐部》)

　　　1日,《我所喜欢的作家》(《中央文学》)

　　　1日,《红叶》(《现代》)

　　　1日,《致恋爱、结婚的年轻人》(《妇女俱乐部》)

　　　1日,《青年时代胸怀的将来目的与现在》(《雄辩》)

　　　1日,《杂笔》(《井月》《百日红》《大作》《水怪》《器量》《谬误》《不朽》《流俗》《木犀》)(《人间》)

　　　13日,《明治座剧评》(后改名为《九年十一月明治座评》)(《东京日日新闻》)

　　　20日,《大正九年的文艺界》(大阪每日新闻社编纂《每日年鉴(大

正十年）》）

12月1日，《不可懈怠》(《新潮》)

1921年（大正十年） （满29岁）

1月

10日，拜托小穴隆一，出行延期一周（结果30日出发）。

16日（周日）晚，为撰写观剧记，赴帝国剧场看《雪女五枚羽子板》和《柳桥新话》。20日发表《帝剧剧评》。

30日（周日），与小泽碧童、远藤古原草、小穴隆一赴千叶县布佐方面旅行，一宿。四人合作题为《入布佐》《布施辩天》的画卷。

2月

5日，在东大校内山上御殿举行的东京帝国大学英文学会上，做题为"短篇小说作家爱伦·坡"的讲演。

16日，与小穴隆一、小泽碧童开"写作会"。

19日，收到大阪每日新闻社电报：速来大阪。

20日（周日）晚，在宇野浩二的陪同下赴大阪。

21日，抵大阪。

22日晚，与在阪的里见弴一起受到大阪每日新闻社接待。席间，大阪每日新闻社提出了以海外视察员身份特派中国的提案。芥川接受了这个提案，约定由3月中旬开始，作为特派员赴中国约半年。

23日，在直木三十五引领下，与宇野浩二、里见弴等观赏了文乐。后离开大阪。

24日傍晚，由大阪返京。执笔《往生绘卷》。

25 日，因中国特派旅行确定，写信给中村武罗夫（新潮社），谢绝了 4 月号的随笔和 5 月号的小说约稿。

3 月

2 日，写信给薄田泣堇确认中国特派事宜，涉及旅费、每日补贴、船票、预支三个月的薪金、出发日期（希望 16 日以后）等。

4 日，见《夜来花》样书，些许不满。

5 日，致佐佐木茂索，中国特派旅行事无意声张，送别会望限定小范围。赴小田原（谷崎润一郎宅？）。

9 日，送别会在上野精养轩举行。出席者十六名，里见弴、菊池宽、佐佐木茂索、久米正雄、与谢野晶子、丰岛与志雄、小山内薰、久保田万太郎、铃木三重吉、山本有三、南部修太郎、小岛政二郎、中根驹十郎等。菊池、里见致辞。

11 日，就中国特派旅行纪行文，向薄田泣堇表达了自己的意见。"纪行并非每日必写。主要是两个部分。上海为中心的南方印象记和北京为中心的北方印象记。"给菅虎雄写了有田四郎（油画家）的介绍信。

14 日，第五部短篇集《夜来花》刊行。装帧的担当者是小穴隆一，编辑是小泽碧童。从此几乎所有作品集的装帧都是小穴隆一。

15 日前后，小泽碧童、远藤古原草、小穴隆一召开"了中先生渡唐送别纪念会"，为芥川制作赠品纪念册。

16 日之前，中国特派旅程确定，"19 日晨东京出发、21 日门司启程的客轮"（翌日书简中写道："19 日下午 5 点半至门司"）。

17 日，因感冒谢绝了翌日预定与泷井孝作、佐佐木茂索的会面。

19 日，长野草风来访，带来晕船药。

下午5点半，乘发自东京的列车，开始了中国特派旅行。（此时的预定是21日搭乘门司出发的"熊野号"客轮。）

20日（周日），感冒发烧加重，为静养去大阪中途下车。在薄田泣堇的安排下住进旅馆并看了医生。结果滞留到27日。

23日，退烧后曾考虑搭乘25日发船的"近江号"。

25日，最终决定是搭乘28日的在门司出发的船。大阪滞在中，曾为《大阪每日新闻》撰写了"日曜附录"栏的《童话故事》。结果未能刊载，遂要求退稿。

27日（周日），大阪出发赴门司。却再度感冒。

28日，在门司乘"筑后号"出发赴上海。在玄海滩遇海上风暴，苦于晕船。

30日午后，抵上海港。迎接者是琼斯（路透社记者）和大阪每日新闻社的相关者。与琼斯共进晚餐，巴黎酒吧小憩后宿万岁馆。

31日，感冒未愈，并发肋膜炎卧床。

4月

1日，住里见医院（至23日）。电报告知大阪每日新闻社，回电是"静养"。住院期间琼斯和西村贞吉（三中同学，当时住芜湖唐家花园）等多人来探望。上海的报刊每日通报病情。旅途入院虽有不安，却也顺便阅读了20卷英文图书，担心失眠还背着医生偷偷服用安眠药。住院生活后半段时时外出，喝咖啡或是逛书店。

23日，从里见医院出院（费用300日元）。出院后滞留上海。在住院期间病友岛津四十起（俳句诗人）的关照下，游览了上海市内还看了京剧，也走访了同文书院和上海的日本妇女俱乐部。

26日前后，与郑孝胥（清朝遗臣，后任伪满洲国总理）、章炳麟

（革命派文人）会谈。会见余谷民、李人杰等。

5 月

2 日，由上海出发赴杭州游览西湖，感动。途中谒秋瑾（女性革命家）墓。

3 日，访灵隐寺。

4 日，由杭州返回上海。

8 日，和岛津四十起离开上海。抵苏州。

9 日，第一次骑骡子。览北寺九层塔、道教寺院玄妙观、孔子庙。

10 日，骑骡子游览天平山白云寺、灵岩山灵岩寺。

11 日，夜 12 时许，由苏州出发，经由镇江，晨抵扬州。

12 日，抵南京。在南京找到了比吕志一岁生日的礼物——婴儿衣服。

14 日，由南京返抵上海。

16 日，赴里见病院复诊。

18 日晚，乘"凤阳号"出发去汉口。

20 日，抵芜湖。西村贞吉引领市内参观。当日宿西村宅。

19 日，九江滞在。当日宿日本人旅馆"大元洋行"。

22 日（周日），由九江乘南阳号，抵庐山。竹内栖凤一行同船。

23 日，与竹内栖凤、竹内逸父子，乘抬轿登庐山。当日宿庐山。

24 日晨，由庐山出发，自九江乘"大安号"客轮赴汉口。

26 日前后，抵汉口。在汉口买了大量图书。当日宿水野氏（住友公司支店长）宅。

30 日，赴长沙，观洞庭湖，因湖水混浊而心生失望。

- 144 -

6月

1日，由长沙返回汉口。

2日，向薄田泣堇报告，因欢迎会、讲演会等撰稿迟滞。

6日晚，汉口出发赴洛阳。

10日，洛阳观龙门，感激。

14日，抵达北京。滞留至翌月10日。会见住在北京的山本喜誉司（三中时代学友）。对北京颇有好感，称愿在"此处住两三年""住在北京乃夙愿""在北京留学一两年也好啊""戏剧、建筑、绘画、书物、艺伎、饮食，北京的一切都喜欢"。归国时间，预定在6月末或7月初。

20日晚，三庆园看戏。

24日，原定访大同。却因罢工火车不通，未能实现。

27日，告知小穴隆一，见到了小山敬三。

月末至翌月初，身着中国马褂儿，在北京看京剧买书。时不时还泻肚子去看医生。

7月

10日，离开北京抵天津。入住常盘宾馆。南部修太郎之妹来访。

12日晚，大幅度改变计划，坐火车归途中。经由奉天，经釜山海路门司登陆。返京途中先赴大阪每日新闻社报告。

20日前后，返东京田端自家。归国后健康不佳，避免外出休养。最大问题是肠胃衰弱，经常腹泻，持续了一个月以上卧床生活。

8月

1日，依旧身体状态不佳，却坚持以一天一节的进度执笔《上海游记》。

18 日前后,《母亲》脱稿。

20 日,将泷井孝作（5 月以后住在田端）作品推荐给中村武罗夫（《新潮》总编）。

9 月

1 日,赴镰仓访高浜虚子。为下岛勋编《井月句集》题词。除了为句集题词、写跋,还担任编辑、版面设计乃至校正的工作,全面配合（翌月 25 日付梓）。

7 日,小穴隆一的作品入选第八次二科展,写信祝贺。

8 日,体况不佳,跟薄田泣堇说明,《上海游记》完成后,接着写《苏杭游记》,但须延期一周时间（结果直至翌年 2 月《江南游记》完稿未能执笔）。要求《大阪每日新闻》退稿,退回中国特派旅行途中、大阪滞在时的"日曜附录"寄稿《童话故事》。

《戏作三昧外六篇》刊行。

上旬,身体状况仍无好转,胃肠不好又并发痔疮,体重锐减,卧病在床的生活持续。

14 日,第二次《明星》杂志复刊时,曾接受了列为同人的邀请。此时却致函森鸥外、与谢野晶子,表明了辞退的意愿,希望以自由撰稿人的方式合作。

18 日,《地狱变》刊行。

20 日,考虑赴汤河原静养,邀南部修太郎同行。

以 1 日 10 页的神速撰写《好色》,脱稿。

23 日,请久米正雄为室贺文武的《春城句集》题词。

24 日午后,与南部修太郎在丸善会面。

下旬，参加第八次院展（9月1—29日）。

10月

1日，与南部修太郎同行赴汤河原静养（先由预定的28天变更为30天，并考虑继续延长）。关于《井月句集》的版面设计、校正等，给泷井孝作详细指示。

汤河原中西屋旅馆滞留期间（至20日前后），过着自然随意的生活，泡泡温泉，散散步，读书，写俳句，或是去陶器窑制作陶器。

4日，曾相邀的小穴隆一、小泽碧童访汤河原短暂滞留。

8日，向泷井孝作、室生犀星报告近况。身体状况渐渐恢复，但因神经衰弱，睡眠还是不好。

10日，邀小岛政二郎至汤河原。

12日，塚本铃（文母）赠甘栗、香烟，回信致谢。

25日前后，由汤河原返回田端自家。

31日，下岛勋送来柿子，回信致谢并求购安眠药。

11月

开始忙于翌年新年号约稿。预定的中国旅行期间约稿集义不容辞，只好在与病痛的抗争中勉为其难。

4日，获赠下岛勋主编的《井月句集》，回函致谢。

15日，忙于新年号约稿，婉拒了南部的旅行邀约。

18日，《大石内藏之助的一天，外五篇》刊行。

此期，出席了自笑轩举办的道闲会（田端文化人会）。出席者有北原大辅、野上丰一郎、香取秀真、鹿岛龙藏、下岛勋等。

24日，《大阪每日新闻》约稿连载小说。致函薄田泣堇，希望延期至新年号约稿完稿之前。

此期持续的状态却是"神经衰弱加剧,到了安眠药不可或缺的程度"。日后的文章中曾有记载:"神经衰弱最为严重的期间是大正十年年末。"

25日前后,新年号四篇小说未完成,专注于写作,除特别的客人以外统统谢客。

12月

2日,《中央公论》的约稿(《俊宽》)截稿日。

17日,《新小说》的约稿(《诸神的微笑》)未能脱稿。

20日前,病苦中勉为其难完成了新年号约稿《竹丛中》《俊宽》《诸神的微笑》《将军》及其他七篇。之后为《大阪每日新闻》的连载,开始《江南游记》的写作。

著作

1月1日,《杂笔》(《Butler之说》《今夜》《梦》《日本画的写实》《理解》《茶釜盖置》《西洋人》《粗密与纯杂》)(《人间》刊)

1日,《秋山图》(《改造》)

1日,《山鹬》(《中央公论》)

1日,《奇妙的故事》(《现代》)

1日,《合理的、同时多量的人情味》(《文章俱乐部》)

1日,《近期的幽灵》(《新家庭》)

10日,《俳句享有的特殊感怀》(《石楠》)

20日,《帝剧剧评》(后改名为《十年一月帝国剧场评》)(《东京日日新闻》)

1月1日,2月1日,《梵神》(赤鸟)

2月1日,《点心》(《御降》《夏雄的故事》《冥途》《长井代助》《嘲魔》《池西言水》)(《新潮》刊)

1日,《法兰西文学与我》(《中央文学》)

1日,《竞奖小品二者择一:〈春〉与〈被狗咬了〉》(《电气与文艺》)

1月5日—2月2日,《奇怪的再会》[《大阪每日新闻》(晚刊),休载日为:1月9、10、14、15、17、21、23、24、26、28、29、31日]

15日,《歌舞伎座剧评》(→《十年二月歌舞伎座评》)(《东京日日新闻》)

3月1日,《点心》(《托氏宗教小说》《版税》《日美关系》、*Ambrose Bierce*、《昆虫》《时弊一种》《蘸》)(《新潮》)

1日,《外貌与内涵》(后更名为《小杉未醒氏》)(《中央美术》)

1日,《三弦也好》(《妇女公论》)

14日,《夜来花》(初版)(新潮社)

14日,"附记"(后更名为《〈夜来花〉附记》)(《夜来花》)

4月1日,《往生画卷》(《国粹》)

1日,《奇遇》(《中央公论》)

4月(推定)《对话文坛宠儿芥川龙之介》(初出未详)

5月1日,《文坛珍珠抄(1)》(后更名为《文坛珍珠抄》)(《文章俱乐部》)

6月1日,《我所喜欢的拙作》(《中央文学》)

8月1日,《新艺术家眼中映现的中国印象》(《日华公论》)

9月1日,《母亲》(《中央公论》)

8日，《戏作三昧外六篇》（春阳堂）

8月17日—9月12日，《上海游记》（《大阪每日新闻》，休载日为：8月24、27、28日，9月2、5、10日）（《东京日日新闻》8月20日—9月14日连载，休载日为：8月31日，9月1、2、4、13日）

18日，《地狱图，外六篇》（春阳堂）

10月1日，《好色》（《改造》）

1日，《〈卓别林〉与其他》（《新潮》）

25日，"跋"（后更名为《井月句集》）（下岛勋编《井月句集》空谷山房）

11月1日，《汤河原》（后更名为《汤河原五句》）（《中央美术》，小穴隆一《游心帐》文中）

13日，"序"（后更名为《〈春城句集〉序》（室贺文武《春城句集》，警醒社书店）

18日，《大石内藏之助的一天，外五篇》（春阳堂）

1922年（大正十一年） （满30岁）

1月

1日，《江南游记》开始连载。第九次以后的进度是每日一次。

13日，渡边库辅赠生日蛋糕，致书答谢。并称"今春小住京都，而后赴长崎"。"新年的小说皆不如意。"

21日，初次在给小穴隆一的书简中使用"澄江堂"之号。

27日，出发赴名古屋讲演。

28日（周六），与小岛政二郎、菊池宽等出席名古屋椙山女校举行的文艺讲演会（妇女会主办），发表题为"形式与内容"的讲演。

当夜宿别处宾馆的菊池宽，安眠药服用过度，连续昏睡了两晚。

30日，留下菊池宽，与小岛政二郎离开了名古屋。归途赴镰仓，小町园住一晚。

31日晚，返京，回到田端家中。

2月

1日，评价小岛政二郎的《一个招牌》，乃"《敌视》以后的最佳作品"。

《山药粥，外六篇》刊行。

8日前后，芥川家遭小偷入室，损失外套二身、斗篷一个、大衣一身、帽子三顶。

10日，《江南游记》脱稿。对薄田泣堇说明，下一部《长江游记》将延期一周。说明了其他撰稿计划即《湖北游记》《长江游记》《北京游记》《大同游记》，各写五至十回便希望告一段落。

15日，《矿车》脱稿。

18日，《长江游记》写到庐山，又因身体状态不佳而给薄田泣堇致函一度中止。

3月

8日，为写剧评，赴新富座观剧《一谷嫩军记》。

上旬，苦于《中央公论》《改造》的撰稿进展阻滞。

15日，《将军》刊行。

19日（周日），致函西村贞吉，对中国旅行期间获得关照表示感谢，并对久疏问候表达歉意。

再度执笔《长江游记》。

31日，为写《阿富的贞操》，跟山本里（文的祖母）了解战争时期上野的天候情况等。

月末前后，书斋"我鬼窟"改为"澄江堂"。匾额是下岛勋的书法笔迹。

4月

1日，携倩、蕗赴京都、奈良方面旅行。京都宿富士亭，访瓢亭，赏樱花看京舞，过了几天悠闲日子。

8日，京都、奈良旅行结束归宅。致函渡边库辅，预定再游长崎（25日出发、23日先住京都，而后赴长崎），请其安排住宿相关事宜。

13日午后6时，在神田基督教青年会馆、春阳堂主办的英国皇太子访日纪念英文学讲演会上，做题为"罗宾汉"的讲演。

23日（周日），获佐藤春夫赠《南方纪行》，致函答谢。

25日晨出发，再赴长崎旅行。

28日，滞留京都。访恒藤恭、小林雨郊家，游祇园。翌月5日之前都在京都。

5月

10日之前，抵达长崎。入住渡边库辅介绍的本五岛町旅馆花屋。在长崎受到永见德太郎的关照。

11日，细雨。终日读《海藏楼诗集》。

12日，在渡边库辅的陪同下，观寺町和古道具屋。

13日晨，永见德太郎骑马招待午宴，婉拒。午后访永见家，后在渡边库辅陪同下赴松本家（渡边叔父）观唐画。

14日（周日），与渡边库辅、蒲原春夫一同出席梅若歌谣会，感动不已。

16日，与渡边库辅访大音寺、清水寺。归途获马利亚像，珍藏。

17日，在永见家看日本画、中国画、铁翁砚（大正十五年永见德太郎赴京，作为纪念品将以上珍品赠予芥川）。

18日，与渡边库辅、蒲原春夫一起赴丸山辰巳客栈冶游。席间，识得艺伎照菊（杉本若），且将《水虎晚归图》绘于银屏风赠予照菊。滞留期间所作的这幅屏风图，堪谓芥川色纸作品或河童图中的最大力作。他说："那样的女人就是去东京也不丢人。"

20日（周六）晨，伴渡边库辅、蒲原春夫访大浦天主教堂做弥撒。求购念珠、祈祷书。

《点心》刊行。

21日（周日），再访崇福寺。

此期获知，福地屋旅馆的招牌乃小泽碧童手笔，写信告诉了小泽与小穴隆一。

此期夹衣的后襟破损，获永见德太郎夫人赠斜纹哔叽夹衣。新闻记者和文学青年来访，谎称不在家。

28日（周日），《长崎小品》脱稿。递呈大阪每日新闻社。

30日，由长崎返回东京途中。归途趋近镰仓时写感谢信致渡边库辅。

6月

1日，返回田端家中。委托泉镜花，某些文稿可转让收集原稿的永见德太郎。

6日前后，返京后苦于牙疼。

开始校正《沙罗花》。

12日前后，执笔《庭院》和《一夕故事》。

中旬，每日忙于撰稿和校正。

24日，书写忙碌中拖欠的18封书信。

《庭院》和《一夕故事》脱稿。

29日，预定参加前月6日死去的豹太郎法事（室生犀星长子，生于前年6月24日），却因来访客改日。写信致歉。

7月

《沙罗花》校正未完，又不得不开始续写拖延日久的《中国游记》。

9日（周日），森鸥外逝世，悼念。

《鱼河岸》脱稿。《六宫姬君》却延期。

20日之前，《六宫姬君》脱稿。

25日，作为日本现代文学代表作家之一，俄国报刊刊文《日本现代小说》（25、27、28日）介绍了芥川。10月25、26日，升曙梦在《东京朝日新闻》刊发了介绍性文章《露国（俄国）新闻中展现的日本现代文学》。

27日，与小穴隆一初访家住我孙子的志贺直哉。此次访问，据说是为了找到摆脱低迷状态的途径。

31日，致函真野友二郎，称"来年再访京阪方面"。《沙罗花》校正完毕。

8月

7日前后，与南部修太郎的关系出现问题，近乎断交。

13日（周日），《沙罗花》刊行。

中旬，《阿富的贞操》（后半）、《阿吟》脱稿。

21日，致函渡边库辅称"近期和歌、俳句、小说统统笔滞"。

9月

7日，数日间游镰仓，而后返田端家中。

8日，第九次二科展（9月9—29日）上，小穴隆一的芥川肖像画《白衣》入选。招待日午后，伴小穴隆一看展。

10日（周日），为写舞台评论，观看俄罗斯帕布罗阿舞蹈团的初日公演（帝国剧场，9月10—29日）。

中旬，长崎的渡边库辅、蒲原春夫抵东京，留宿芥川家。

11月下旬，二人在附近住下，拜芥川为师，开始了东京的文学修业生活。

10月

7日午后1时，在庆应大学大礼堂的《三田文学》讲演会上，做题为"内容与形式"的讲演。

25日，《奇怪的再会》刊行。

30日，至翌月16日，任早稻田大学第六教室举办的、早大文艺讲座第二次短期讲座讲师。

11月

8日，次子降生。取小穴隆一"隆"字发音命名为多加志。多加志体弱多病，给家人添了很多烦恼。后入东京外国语大学法文科，应召学生兵，昭和二十年（1945年）4月13日在缅甸战死。

10日前后，看泰西（西洋）名画展。

13日，《邪宗门》刊行。题字、封面用的是蔎的笔迹。

着手翌年新年号作品创作。

此期开始出现失眠症状。

17日，《中央公论》约稿仅完成两页（结果12月号、新年号皆爽约）。

18日（周六），在学习院特别邦语大会上做题为"文艺杂感"的讲演。

此期为疗治脚病滞留伊香保的小穴隆一，寄来《春服》的装帧方案（封面、衬页）。

20日，新年号稿约，全部爽约，决意赴汤治静养。伊香保寒冷，因而想去南方，便相约小穴隆一。小穴寄来的《春服》装帧方案让他很满意。

27日，小穴隆一的病名判定为组织坏死，有截肢的可能性。闻之大惊。

下旬，拒绝了三四处的新年号约稿。

12月

2日（周六）前后，感冒药过敏。神经衰弱失眠症加剧，常用安眠药。

15日之前，小穴隆一由伊香保返回，入住顺天堂医院。

18日，小穴隆一在顺天堂医院接受手术，右足第四趾截除。手术时陪护。

29日午后4时，在自笑轩与下岛勋、香取秀真等开办道闲会。

著作

1月1日，《竹丛中》（《新潮》）

1日，《俊宽》（《中央公论》）

1日，《将军》（《改造》）

1日，《诸神的微笑》

1日,《粉笔彩龙》(《人间》)

1日,《洛斯·加普里乔斯》(*LOS CAPRICHOS*、《人间》)

1日,《我所喜欢的两种形式》(后更名为《论〈新潮〉月评之存废》)(《新潮》)

1日,《花草、体操、习字、创作等》(后更名为《〈新潮〉大正十一年度计划存疑》)(《新潮》)

1日,《书的故事》(《明星》)

1日,《官位与俸禄》(《主妇之友》)

1日,《感觉温馨的女人》(《妇人公谕》)

1日,《英美文学中出现的妖怪》(后更名为《近期的幽灵·后记》)(《秀才文坛》)

1月(推定),《一茶句集后记》(初出未详)

2月1日,《童话剧三件宝物》(《良妇之友》)

1日,《俗世与女人》(《新家庭》)

1日,《山药粥,外六篇》(春阳堂)

1月1日—2月13日,《江南游记》(《大阪每日新闻》,休载日:1月4、8—10、18、20、23、25日,2月2—4、6、8、9、11、12日)

3月1日,《矿车》(《大观》)

1日,《我鬼抄》(《中央公论》)

5日,《忧郁的萧伯纳——致菊池宽》(后更名为《菊池宽全集》)(《东京日日杂志》)

15日,《将军》(新潮社)

4月1日,《报恩记》(《中央公论》)

1日,《澄江堂杂记》(《新潮》)

1日,《新富座的〈一谷嫩军记〉》(《新演艺》)

1日,《瓜子儿脸》(后更名为《〈妇人画报〉,喜欢怎样的女人?》)(《妇人画报》)

2日,《仙人——童话故事》(《日曜每日》)

5月1日,《阿富的贞操》(未完)(《改造》)

1日,《河童》(《新小说》)

1日,《罗宾汉》(《新小说》)

20日,《点心》(金星堂)

20日,"自序"(后更名为《〈点心〉自序》)(《点心》)

28日,《女性杂感》(后更名为《〈俗世与女人〉后记》)(《秋田魁新报》)

(推定),《服饰》(初出未详)

(推定),《泡鸣氏逸事》(后更名为《岩野泡鸣氏》)(初出未详)

(推定),《痛棒热喝不可少》(后更名为《〈桂月全集〉第八卷序》)("桂月全集约稿"见预约募集,内容见样本)。

6月1日,《形—感想—》(《良妇之友》)

1日,《长崎(日本十二名所之六)》(《妇女界》)

4日,《长崎小品》(《日曜每日》)

7月1日,《庭院》(《中央公论》)

1日,《文坛的沉滞》(后更名为《〈新潮〉文坛沉滞的原因》)(《新潮》)

10日,《一夕话》(《日曜每日》)

8月1日,《六宫姬君》(《表现》)

1日,《鱼河岸》(《妇人公论》)

3日,《鸥外先生逸事》(后更名为《森先生》)(《新小说》)

13日,《沙罗花》(《改造社》)

13日,"自序"(后更名为《〈沙罗花〉自序》)(《沙罗花》)

9月1日,《阿富的贞操》(全篇)(《改造》)

1日,《阿吟》(《中央公论》)

1日,《读书的态度》(《良妇之友》)

10月1日,《百合》(《新潮》)

1日,《恒藤恭》(后更名为《恒藤恭氏》)(《改造》)

1日,《中国画》(《中国美术》)

1日,《俄罗斯舞蹈印象》(后更名为《帝剧的俄罗斯舞蹈》)(《新演艺》)

1日,《文学家志向的动机》(《文学世界》)

25日,《奇怪的再会》(金星堂)

11月1日,《霍乱与漱石的故事》(后更名为《霍乱》)(《新潮》)

1日,《我的散文诗》(《秋夜》《椎木》《虫干》)(《诗与音乐》)

5日,《我的大学生活》(《早稻田大学报》)

13日,《邪宗门》(初刊本)(春阳堂)

13日,《〈邪宗门〉后记》(《邪宗门》)

12月1日,《惊异于暗合之妙》(后更名为《暗合》)(《新潮》)

(推定)《长崎日录》(初出未详)

(推定)《东京田端》(初出未详)

芥川龙之介略年谱（下）

1923年（大正十二年）—1927年（昭和二年）（终）

1923年（大正十二年）

1月

1日，菊池宽创刊《文艺春秋》。寄卷头语"侏儒的话"，之后一直是《文艺春秋》的卷头语。

4日，小穴隆一再度手术，右足截肢至脚腕。手术中陪护。以后小穴靠义足生活。

5日，下岛勋来医院。小穴注射氯化钙（有抑制神经或肌肉兴奋的效果），后近乎每天注射。

13日，出席自笑轩道闲会。

17日前后，接大阪每日新闻社催稿信。

20日，约定刊于《新潮》的随笔未能完稿，仅提交完成的部分（细节不详）。

22日，致函松冈让，"今春往来于医院、音视厅和监狱"。

2月

7日午后，下岛勋来访，为身患感冒的比吕志诊察。

20日之前，《雏》《猿蟹合战》《二人小町》脱稿。

27日，与谢野铁干委托寄稿，芥川提议放到五月。薄田泣堇频繁发来电报催稿，进退维谷。

3月　　　　　　　　（满31岁）

5日，将杉浦翠子介绍给波多野秋子（《妇人公论》记者），文稿则直接发给波多野。

上旬，小穴隆一由顺天堂医院出院。

16日，去汤治赴汤河原温泉。翌月下旬前滞留中西屋。因房间问题在别墅滞留一周，却为邻室的噪声和楼下的琴声所扰。

17日前后，《改造》记者访汤河原，催促25日之前交稿。

24日，向小穴隆一报告近况。

此期前，《勉为其难》或已脱稿；《保吉的手账》未能脱稿。盯了一周余的《改造》记者撤离，暂获解放感。

26日，由中西屋别墅撤回本馆。

4月

1日，愚人节。给南部修太郎发了一封邮件，扯谎说佐佐木茂索受了伤。

此期，会见因公访汤河原的正宗白鸟、上司小剑和佐佐木茂索。

5日前后，再因5月号文稿接到催稿信。

此期开始《小白》以及未定稿的《三个戒指》的创作。

13日前后，《保吉的手账》脱稿。致小穴隆一的信中写道："面前挂着你的自画像，我也描绘了自己的自画像，却缺乏信心。"

16日傍晚，由汤河原温泉返回自己的田端家中。

26日，伴下岛勋参加了演艺研究会的公演（帝国酒店）。

27日前后，老做梦，却基本睡了个好觉。

30日下午5时,出席自笑轩举行的泷井孝作送别会。送别会由芥川和菊池宽推动举办。泷井曾决意移居志贺直哉所在的京都。

5月

6日(周日),野上丰一郎相邀看能剧,却因会面日婉拒。

18日,《春服》刊行。

下旬,为写剧评,观看了市村座公演的《四谷怪谈》《御所五郎藏》。

5月,还跟室生犀星、渡边库辅、下岛勋一起观看了春阳会的第一届展览会(5月5—27日)。

6月

7日,由香取秀真处取"澄江堂"印。

8日夜,多加志消化不良,下岛勋来诊。

9日,多加志病未好转,下岛勋三度来诊。

10日(周日)上午,多加志到宇津野研的宇津野医院住院。大阪每日新闻社来取稿件,却令新闻社失望。晚9时许,赴医院探视多加志。

11日晨,获知多加志情况好转。傍晚赴医院探视多加志后,访小穴隆一,与在场的远藤古原草等会谈,十分投机至深夜。归途再访医院,医院却已关门。只好在外面望了望多加志病房的灯光后回府。

27日,《罗生门》和《傀儡师》(缩印版)刊行。

7月

3日,《孩子的病》脱稿。

8日(周日)获知,前月9日殉情的有岛武郎、波多野秋子遗体,前日发现于轻井泽的别墅。言及有岛的情死,他曾对小岛说——"死自然意味着失败"。芥川手持下岛称作"遗物"罗和服外套再访,目睹其和颜悦色,下岛这样记述道:"生命的存在是无法割裂的。"

10日,出席自笑轩举行的"新潮合评会",参加者有德田秋声、菊池宽、千叶龟雄、久米正雄、久保田万太郎、中村武罗夫等。

16日,获赠小杉放庵著书,书信致谢。小杉邀芥川相见,芥川则因当日繁忙婉拒,顺便邀小杉"近期"一同赴岸波静山宅看画。

20日之前,《小白》脱稿。

31日深夜至凌晨1时许,在北原大辅宅与下岛勋笑谈畅叙。至天亮,执笔于约定10日前完成的、《女性》杂志的文稿(《礼仪》,预定发表于10月号)。

8月

1日,半夜赶赴甲府,确定任山梨县北日摩郡秋田村(现长坂町)清光寺承办的、县教育会主办的夏季大学文艺讲师。原来预定的讲师是有岛武郎,却因有岛的急逝,于前月下旬临时确定由芥川主讲。

2日凌晨4时,抵达甲府。夏季大学的参加是从第二天开始,从2日下午到5日,每日两小时。以文艺论为中心。听者约250人。

5日,夏季大学结束后返京归府(田端)。

9日之前,访镰仓,与小穴隆一、渡边库辅等滞留平野屋别墅至25日。滞留期间观山藤、棣棠、菖蒲之绽放,便对久米正雄感叹道,似有天地异变之感,久米却并不相信。在此结识了同宿别墅的冈本一平、冈本鹿子夫妇。鹿子后将此时的见闻写入作品《鹤病》中。

17日，与菊池宽一同成为当月《新小说》的编辑顾问（后因关东大地震停刊4个月，实质性的参与是在翌年的新年号）。

20日，与和田利彦（春阳堂主人）、永见德太郎等相谈至深夜。未赶上列车，宿东京车站宾馆。

22日，与小林势以子（谷崎润一郎妻妹、演员叶山三千子）等海水浴。

25日，由镰仓返京。下午一时许抵达新桥，与小穴隆一赴圣路加医院探视住院的远藤古原草。午后3时许归府（田端）。

28日夜，下岛勋来访。感冒发烧37.3度。

29日傍晚，发烧，下岛勋来诊。流行性感冒。家人亦有症状。

31日，病情好转。卧床读森鸥外的《涩江抽斋》。

9月

1日上午，经神代种亮引荐，受兴文社委托编《近代日本文艺读本》（大正十四年八月刊行）。

上午11点58分，即将用完午餐时发生了关东大地震。芥川家的受损仅仅是屋檐瓦掉落和石灯笼倒塌，芝的新原家和久的西川家烧为灰烬。探视近邻后，跟渡边库辅去染井的青物市场，用大板车买回了马铃薯、南瓜等食物（而后带上一些探访了室生犀星）。晚上担心余震，寝于屋外。市内火灾频发蔓延，断电，断气。小岛政二郎携身孕妻子，由根岸避难至此。

2日（周日），托渡边库辅探望牛达的塚本家和芝的新原家。火灾依旧蔓延，担心殃及田端方面，心怀不安。傍晚渡边返回，获知两家全烧，生死不明（后获知人是平安的）。是夜发烧39度。流言蜚语令人不安，附近的自警团（东台俱乐部）提案，将梯子固定圆木置于通路。

5日，川端康成和今东光来访探望。送走返回自宅的小岛政二郎夫妻，芥川伴川端、今东光去吉原查看了火灾遗迹。

7日，赴芝的新原家确认火灾后果。

12日前后，执笔有关震灾的文章《大震杂记》等。

20日之前，《礼仪》脱稿。

28日，亲属中烧伤者颇多，需要用钱。便求中根驹十郎（新潮社老板）预支了《夜来花》缩印版的版税（300日元）。

下旬，经介绍结识了师事室生犀星写诗的堀辰雄（当时是一高学生），后结为生死之交。

10月

1日（推定），室生犀星一家撤回了故乡金泽（至12月）。犀星的房东将房子租给了菊池宽。菊池宽因原来的住处在震灾受损被迫搬离。（两个月后，菊池宽搬离；以后此处的住户是酒井真人。）

15日，出席末广举办的"新潮合评会"，出席者有德田秋声、宇野浩二、久保田万太郎、菊池宽、里见弴、佐藤春夫、近松秋江、水守龟之助、久米正雄、中村武罗夫等。

20日之前，《芭蕉杂记》脱稿。

11月

10日下午5时，作为干事，出席自笑轩召开的道闲会。列席者有香取秀真、菊池宽、小杉放庵、鹿岛龙藏、野口功造等。

17日，久米正雄与奥野艳子结婚。在帝国饭店举办的婚宴上致贺辞。散会后游神乐坂。在丰茶屋，与里见弴、直木三十五、小山内薰、菊池宽等为新婚夫妇共同作画。

18日，致函堀辰雄。"沿着自己能够把握的方向义无反顾地挺进吧。"这样的文句，令人立刻联想到夏目漱石书简中致芥川的一句："那样的事情不必介意，义无反顾地前进吧。"还写道："又及：我书架上的藏书，随意阅读，切勿客气。"

20日之前，《小儿乖乖》脱稿。

12月

15日之前，新年号文稿（《一块地》《丝女备忘录》等四篇）脱稿。

16日，请中根驹十郎关照自己的富士印刷（新潮社设立的印刷公司，文学家可将版税的一部分转为股票）股息分红。出发赴京都、大阪方向旅行。

17日晨，抵京都。经小林雨郊介绍居于抱月。

18日，结伴小林雨郊逛了旧家具店，晚上又一起去看了电影。

19日，访谷崎润一郎（9月末移居关西，当时居于左京区），谷崎却去了神户六甲宾馆不在；又想访山科的志贺直哉（3月移居京都）和泷井孝作（随志贺直哉移居京都），后放弃。是夜，与小林雨郊游京都祇园一力亭（万亭）。

20日，与乡原（小林雨郊之友、医生）在鳗屋"丹荣"会餐。游新京极，偶遇泷井孝作。约定25日前后访山科的泷井新居，并走访志贺直哉。当夜出发去大阪。

29日，访泷井孝作，访志贺直哉，会见里见弴和直木三十五。原定晚上一起吃饭，却因身体状态不佳，独自返回了宿处。

30日（周日）夜，结束京都、大阪等地旅行返京归府（田端）。

著作

1月1日,《线香》(《线香》《日本的圣母》《玄关》)(后更名为《我的散文诗》)(《女性》)

　　1日,《生于东京》(后更名为《〈文章俱乐部〉有关东京的感想》)(《文章俱乐部》)

　　1日,《教训谈》(《现代》)

　　1日,《漱石先生的褒奖信》(《寸铁》)

　　7日,《书斋》(后更名为《漱石山房的冬天》)(《日曜每日》)

2月1日,《对所有至上主义表达好意和尊敬》(后更名为《〈改造〉论无产介意文艺的可能性》)(《改造》)

　　1日,《当下应有的存在》(《新潮》)

　　1日,《偶时之诗》(《橄榄》)

3月1日,《猿蟹合战》(《妇人公论》)

　　1日,《第一声打鸣》(后更名为《〈中央公论〉彻夜作文有感》)(《中央公论》)

　　1日,《流眄之辩》(《新潮》)

　　1日,《八宝饭》(《文艺春秋》)

　　1日,《雏》(《中央公论》)

　　20日,《二人小町》(《日曜每日》)

4月1日,《勉为其难》(《中央公论》)

　　1日,《我若生为女人》(《妇人公论》)

5月1日,《保吉的手账》(后更名为《由保吉的手账说起》)(《改造》)

　　18日,《春服》(初刊)(春阳堂)

18日,《〈春服〉后记》(《春服》)

30日,《知己费》(《东京日日新闻》)

6月1日,《四谷怪谈附御所五郎藏》(后更名为《市村座的〈四谷怪谈〉》)(《新演艺》)

1日,《其后制造的一句》(《杜鹃》)

5日,《随心所想(一)》(后更名为《放屁》)(《时事新报》晚刊)

6日,《随心所想(二)》(后更名为《〈女与影〉读后》)(《时事新报》晚刊)

8日,《随心所想(三)》(后更名为《随心所想》)(《时事新报》晚刊)

13日,《随心所想(四)皮埃罗·洛蒂之死》(后更名为《皮埃罗·洛蒂之死》)(《时事新报》晚刊)

27日,《罗生门》(缩印本)(新潮社)

27日,《傀儡师》(缩印本)(新潮社)

6月(推定),《澄江堂日录》(初出未详)

7月1日,《旅行与女人》(后更名为《答〈新家庭〉关于旅行与女人的感想》)(《新家庭》)

12日,《文艺杂感》(辅仁会杂志)

8月1日,《孩子的疾病》(《局外》)

1日,《小白》(《女性改造》)

1日,《东洋趣味》(《女性改造》)

1日,《聪明伶俐》(《妇人公论》)

1日,《女性改造谈话会》(《女性改造》)

1日,《创作合评第六回(七月的创作)》[后更名为《新潮合评会

（一）》]（《新潮》）

9月1日，《洞庭舟中》（《明星》）

10月1日，《时宜》（后更名为《时仪》）（《女性》）

　　1日，《大震杂记》（《中央公论》）

　　1日，《大震前后》（后更名为《大震日录》）（《女性》）

　　1日，《遭遇地震后的感想》（后更名为《大震后的感想》）（《改造》）

　　1日，《古书烧失惋惜》（《妇人公论》）

　　1日，《一个感想》（后更名为《东京人》）（《摄像机》）

　　5日，《鹦鹉—大震备忘录之一—》（《日曜每日》）

　　6日，《废都东京》（《文章俱乐部》）

　　10月（推定），《震灾之于文艺的影响》（初出未详）

11月1日，《妄问妄答》（《改造》）

　　8日，《杂笔》（《汉字与假名》《末期希腊人》《比喻》《告白》《卓别林》）（后更名为《澄江堂杂记》）（随笔）

　　10日，《芭蕉杂记》（《新潮》）

　　10日，《创作合评第八回（凶灾后的文艺时事六项）》（后更名为《新潮合评会（二）》）（《新潮》）

12月1日，《小儿乖乖—保吉的手账一部—》（《中央公论》）

1924年（大正十三年）

1月

　　与大町桂月、小杉放庵、神代种亮、石川寅吉赴品川湿地猎鸭，一无所获。

10日前后，与大阪每日新闻社出现纠纷（入社后的工作不见成效引发不满）。访东京日日新闻社说明情况。与葛卷义敏外出期间，小穴隆一和谷口喜作来访。

30日晚，出席帝国饭店的"女性改造"座谈会，其他参会者阿部次郎、与谢野晶子、德田秋声、千叶龟雄、大村嘉代子等。

2月

12日，致函感谢正宗白鸟的《一块地》评论。称是"10年前受到夏目先生褒奖以来最感欣慰之事"。

22日，取材赴千叶县八街，称"至晚翌日返"。后创作《美丽的村庄》，未完成。

3月　　　　　（满32岁）

13日，入选小穴隆一作品（作品未详），致函感谢之余，示明招待日出席。

在此之前，《文章》《苦寒》及《少年》（一）—（三）脱稿。

25日，一再劝说汉口至别府出差的西村贞吉赴京。称"来日最好赴西洋看看"。

4月

4日，获赠泉镜花小品集《七宝柱》，致谢。

10日，《春服》（缩印版）刊行。

此期约莫半月女佣不在，忙乱不堪（20日前解决）。

23日前后，《少年》（四）—（六）脱稿。但5月号的约稿仍拖欠。

25日，与岩波茂雄（岩波书店店主）面谈。

5月

1日，与岩波茂雄再度面谈。

2日前后，决定在玄文社出版王朝故事作品集《泥七宝》并着手准备，委托小穴隆一负责装帧（封面、扉页、衬页）。

15日前后完成，却因玄文社破产而未能实现。

10日，《夜来花》（缩印版）刊行。

14日，获赠胜峰晋风《晋明集》，书信致谢。傍晚出发赴金泽、京都等地旅行。

15日抵达金泽。会见冈荣一郎亲属。确定做翌月结婚的冈的媒妁人，求得家人认可是此次旅行的目的之一。金泽期间，在室生犀星的斡旋下，住在兼六园内的三芳庵茶屋。

18日，与犀星等访前田山的前田家墓所。

19日，离开金泽赴大阪。

20日，与直木三十五等游南茶屋。

22日，抵达京都。住安井神社附近抱月旅馆。

23日，与泷井孝作赴桂离宫途中会志贺直哉。期待志贺将作品收录于《近代日本文艺读本》。当晚志贺与泷井访抱月。

24日，向冈荣一郎报告，在金泽会见了其亲属。

25日（周日），乘特急列车由京都返京归府（田端）。

26日，日程满满的旅行后，疲惫不堪，整整一天卧床休养。

28日，旅行中花光存款，犀星拟向中根驹十郎（新潮社）借款150日元。芥川则一再劝其赴京。

6月

6日，通知中根驹十郎，随笔集书名《全家宝》变更为《百草》，同时提出预支版税 200 日元。

10 日，在第 22 次全国教育者协议会上做题为"明日的道德"讲演。出席偕乐园"新潮合评会"，出席者尚有正宗白鸟、广津和郎、千叶龟雄、久保田万太郎、久米正雄、菊池宽、宇野浩二、中村武罗夫等。

25 日，冈荣一郎与野口绫子（野口功造、真造的侄女）结婚。芥川为媒妁人。

26 日，对小穴隆一的《黄雀风》装帧方案表达感想的同时，提出了少许修改意见。

30 日前后，在聚英阁版歌德全集的广告中，芥川的名字列为预定者，事实上并未预定。芥川提出抗议并要求编辑部的松山敏予以删除。

7 月

此月，芥川编集的英语教材 The Modern Series of English Literature 发行（翌年 3 月前）。

8 日凌晨 3 时许，盗贼由便所侵入，窃 20 日元。犯人是 16 岁的早稻田实业本科生，10 日被捕。

10 日，盗贼侵入事见诸报端。

18 日《黄雀风》刊行。

22 日下午 1 时许，抵达轻井泽，住鹤屋旅馆（翌月 23 日前）。

23 日，给家人信，谎称遭遇交通事故（文中写明"皆谎言"）。邀金泽的室生犀星聚首轻井泽。

《百草》校正。

24 日晚，浅间山小喷火，喷烟赤红。

25日，前夜鸣动不止，有避暑客返京。

26日，请蒲原春夫将《黄雀风》赠书予泉镜花、正宗白鸟、小泽碧童、与谢野晶子、宇野浩二等。

27日（周日），赴绿茵宾馆访山本有三，一宿。片山广子则为避暑，访鹤屋旅馆。

8月

3日（周日）晨，室生犀星由金泽来访轻井泽（犀星后连续5年滞在于此）。芥川则由鹤屋旅馆旧馆搬离，住到了犀星邻室。当晚与犀星逛了古董店和洋装店等。

4日，堀辰雄访鹤屋旅馆。傍晚与室生犀星、堀等在轻井泽宾馆共进晚餐。

5日下午2时，堀辰雄乘火车返京。傍晚与室生犀星散步，访万平宾馆，偶遇室外音乐会。是夜读尤金·奥尼尔[1]《天边外》。在犀星房间与片山广子谈笑风生，并对犀星说，"何时两人一起用晚餐吧"。

6日，无创作意欲，终日无法写文章。室生犀星打笑道，只知看闲书和庭院散步。晚上，则与片山广子、总子母女一同散步。

10日（周日），邀小穴隆一访轻井泽。片山广子由二楼阶梯跌落。与室生犀星二人作短句慰问。

《中央公论》和《改造》的稿约一延再延。

《改造》社的记者登门催稿（《中央公论》的稿约最终爽约）。

在此前后，《十元纸币》脱稿。

---

[1] 尤金·奥尼尔（1888—1953年），美国著名剧作家，表现主义文学代表作家，美国民族戏剧的奠基人。1936年获诺贝尔文学奖。

13日晚,与室生犀星,片山广子、总子母女,鹤屋旅馆主人一同乘车赴碓冰岭观月。一再邀俦和蔼访轻井泽。给葛卷义敏的书信中这样写道:"姨母们近期不返。"

14日,室生犀星乘夜行列车返金泽。

19日,与片山广子、鹤屋旅馆主人赴追分观赏美丽彩虹。

这个期间,芥川开始由片山广子身上感受到一种"愁心",在给小穴隆一的信中写道,"近日来闷头读书,异常兴奋,仿佛返回25岁";在给佐佐木茂索的信中也写道,"到此之后,我连一个短篇都写不出来,闷头读书的同时,不时有兴奋之感,仿佛返回了25岁"。

23日,由轻井泽返京,回到田端的家中。结果在轻井泽只写了一个短篇《十元纸币》。当然读书欲望还是充足的,尤其是系统阅读了有关社会主义的一些文献。

26日,邀室生犀星购追分附近土地。片山广子表示亦有此愿,芥川也有此打算(却未能实现)。

9月

3日,出席偕乐园举行的"新潮合评会",出席者有久米正雄、田山花袋、宇野浩二、千叶龟雄、菊池宽、中村武罗夫等。

5日下午3时,出席上野精养轩《妇女界》主办的菊池宽《新珠》一作座谈会,参加者有菊池,久米正雄,冈本一平、鹿子,中村武罗夫,九条武子,三宅安子等。

12日,致函室生犀星,说明京都旅行相关事项(住宿、费用、给女佣的小费、餐费、观览场所、茶屋、京都特产等)。书信中还装入了两张名片,标明了旅馆名称和写给小林雨郊的信息。

17 日，《百草》刊行。

25 日，获赠室生犀星的《高丽花》，回书道谢。

此期落下病根，长期肠胃不适，时而卧床。

10 月

7 日，志贺直哉为古画写真册的制作来京，一起去看个人收藏的中国画。

9 日，会见来京的谷崎润一郎。

11 日（周六）前后，竹内显二（道章胞弟）病重，外出增多。

18 日，告知小穴隆一，水上竹司在《装帧漫谈》中述及小穴的装帧，"夜来花以来以至黄雀风，同氏的装帧艺术堪谓神品"。

20 日，叔父竹内显二因食道癌过世。

22 日，在给石川太一的信中写道："一个兴趣广泛的人，关切各类社会问题。请来参与论战。"获知室生犀星再度来京，便托人帮忙找房。致函高桥健二，称"周日在家。欢迎汝等好学之士来访，望多受启发"。此外托小林雨郊，现今购下京都丸善觅见的 *Life of Goeth*（全二卷）。

25 日（周六），《报恩记》刊行。

29 日，塚本八洲（文弟）喀血，受到冲击。

11 月

5 日，滞在大矶。访正宗白鸟。

《影灯笼》(缩印本) 刊行。

此期（12 日），开始扩建书斋。

23 日，接受南幸夫提供扩建书斋壁土的建议，但与泥瓦工谈不拢而放弃。

24日，在薄田泣菫《二十五弦》版权转让谈判中担任仲裁，汇报春阳堂商谈过程。

12月

1日，出席小石川偕乐园的"新潮合评会"，出席者尚有德田秋声、广津和郎、加能作次郎、田山花袋、水守龟之助、千叶龟雄、山本有三、久保田万太郎、中村武罗夫等。

19日，向中根驹十郎提出新潮社版《罗生门》《傀儡师》增印请求，并希望尽快发出相关版税和《烟草与恶魔》的版税。

此期《大导寺信辅的半生》脱稿。

26日下午5时，出席自笑轩的道闲会。列席者有香取秀真、鹿岛龙藏、小杉放庵、下岛勋、久保田万太郎。散会后在下岛宅举行谈话会，推举久保田为会员。晚11时许归宅。急切劝诱室生犀星再度返京，并将居所选在田端。

此时新年号稿件执笔已完成。

28日，会见泉镜花，共进晚餐。

月末，扩建中的书斋完成（八铺席，四叠半）。

著作

1月1日，《一块地》（《新潮》）

1日，《奇异的岛屿》（《随笔》）

1日，《丝女备忘录》（《中央公论》）

1日，《三右卫门的罪孽》（《改造》）

1日，《一个复仇的故事》（后更名为《传吉的复仇》）（《日曜每日》）

1日,《岚集》(《新小说》)

1日,《确立一家的风格》(后更名为《久米正雄》)(《新潮》)

1日,《新的机运》(《新潮》)

1日,《将来亦如既往》(《新潮》)

1日,《若有一千日元压岁钱》(《女性改造》)

6—13日,《野人生计事》(后更名为《野人生计事》)(《日曜每日》)

2月1日,《金将军》(《新小说》)

1日,《对于梅花的感情,谨以此文献给谨严的西川英次郎君》(《中央公论》)

1日,《霜夜》(《女性》)

1日,《红蔷薇一般的领带》(后更名为《谷崎润一郎氏》)(《新潮》)

3月1日,《偏见》(《广告》《斋藤茂吉》)(《女性改造》)

1日,《杂笔》(《游戏》《俗世劳苦》《长颈瓶》《船长》《相扑》《非常》《猫》《版数》《家》)(后更名为《澄江堂杂记》)(《随笔》)

1日,《蛇笏君与我》(后更名为《饭田蛇笏》)(《云母》)

1日,《隅田河》(后更名为《金春会的〈隅田川〉》)(《女性》)

1日,《佐藤的误解》(后更名为《佐藤春夫氏》)(《新潮》)

1日,《小说的戏剧化》(《演剧新潮》)

1日,《关于家庭文艺书的选择》(《女性改造》)

3月(推定),《隅子小曲》(初出未详)

4月1日,《第四个丈夫》(《日曜每日》)

1日,《文章》(《女性》)

1日，《苦寒》(《改造》)

1日，《解嘲》(《新小说》)

1日，《舞台上的现实主义》(《演剧新潮》)

1日，《偏见》(后更名为《岩见重太郎》)(《女性改造》)

4月(推定)，《正冈子规》(《艺术新闻》)

10日，《春服》(缩印版)(春阳堂)

10日，《普及版〈春服〉刊出之前》(《春服》缩印本)

4月1日、5月1日，《少年》(《中央公论》)

1日，《一部恋爱小说——或"恋爱至上主义"》(后更名为《一部恋爱小说》)(《妇人俱乐部》)

1日，《文放古(小说)》(《妇人公论》)

1日，《恋爱与夫妇爱不可混同》(《家庭杂志》)

1日，《续芭蕉杂记》(后更名为《芭蕉杂记》)(《新潮》)

4月1日、5月1日，《怪谈会》(《新小说》)

大正十二年12月6日，大正十三年1月6日、5月6日，《澄江堂句抄》(《俳谐杂志》)

8—9日，《东西问答》(《时事新报》)

10日，《夜来花》(缩印本，新潮社)

15日，"换作《文艺趣味》序的未定稿辞书之一部"(秦丰吉《文艺趣味》，聚英阁)

6月1日，《带着"假面"的人》(《早稻田文学》)

1日，《新绿庭院》(《中央公论》)

1日，《春日往来一人信步而行》(《随笔》)

1日，《微哀笑》(→久保田万太郎氏)(《新潮》)

1日,《寄席》(《女性》)

5月1日、6月1日,《偏见》(后更名为《大久保湖州》)(《女性改造》)

1日,《案上书》(后更名为《案头书》)(《新小说》)

7月1日,《案头书》(《新小说》)

1日,《续々芭蕉杂记》(后更名为《芭蕉杂记》)(《新潮》)

1日,《桃太郎》(《日曜每日》)

1日,《鹭鸶与鸳鸯》(《女性》)

1日,《新潮合评会第十五回(六月的创作及其他)》(后更名为《新潮合评会(三)》)(《新潮》)

14日,"序"(后更名为"The Modern Series of English Literature 序")[THE MODERN SERIES OF ENGLISH LITERATURE(全8卷),光文社]

14日,"第六卷序"(后更名为"The Modern Series of English Literature"序)(THE MODERN SERIES OF ENGLISH LITERATURE VI, MORE MODERN SHORT STORIES 兴文社)

18日,《黄雀风》(初刊本)(新潮社)

18日,《〈黄雀风〉后记》(《黄雀风》)

21日,《几董与丈草——读〈续晋明集〉》(后更名为《〈续晋明集〉读后》)(《东京日日新闻》)

8月1日,《莵书》(《改造》)

1日,《格桑与食欲》(《新潮》)

18日,"第七卷序"(后更名为"The Modern Series of English Literature 序")(THE MODERN SERIES OF ENGLISH LITERATURE

VII, MORE MODERN GHOST STORIES, 兴文社）

5月5日、6月30日、8月20日,《论理查德·巴通译〈一千零一夜〉》(书物往来）

26日,"第八卷序"（后更名为"The Modern Series of English Literature 序"）(THE MODERN SERIES OF ENGLISH LITERATURE VIII, MODERN MAGAZINE STORIES 兴文社）

8月1日、9月1日,《偏见》(《木村巽斋》)(《女性改造》)

9月1日,《十元纸币》(《改造》)

1日,《长江》(后更名为《长江游记》)(《女性》)

1日,《轻井泽日记》(《随笔》)

17日,《百草》(新潮社）

10月1日,《新潮合评会第十七回（文坛时事问题）》(后更名为《新潮合评会（四）》)(《新潮》)

6日,《诗集,高丽花》(后更名为《〈高丽花〉读后》)(《东京日日新闻》)

20日,《明日的道德》(《教育研究》)

25日,《报恩记》(而立社）

11月1日,《伪者二题》(《新潮》)

1日,《我关于装帧的意见》(《新潮》)

1日,《妇女界批判会（速记）(第十七回) 由〈新珠〉看三个处女的去向》(《妇女界》)

2—4日,《无产阶级文学论》(秋田魁新报）

5日,《影灯笼》(缩印版)(春阳堂）

20日,"《春之外套》序文"(后更名为《〈春之外套〉序》)(佐

佐木茂索《春之外套》，金星堂）

30日，《澄江堂余墨壹》（后更名为《各种风骨帖序》）（书物往来）

11月（推定），《娼妇与冒险》（初出未详）

12月1日，《演剧新潮谈话会第十回》（《演剧新潮》）

1925年（大正十四年）

1月

8日，出席小石川偕乐园的"新潮合评会"，出席者有田山花袋、千叶龟雄、久保田万太郎、久米正雄、宇野浩二、加能作次郎、中村武罗夫等。

21日，作为发起人，出席晚翠轩的佐佐木茂索《春之外套》出版纪念会。列席者还有久米正雄、菊池宽、里见弴等。

月内，室生犀星由金泽单身赴京，暂居田端（旧居未腾空）。

2月

5日，塚本八洲病情好转，文偕比吕志赴牛込的塚本家探望。

7日，与蒲原春夫开始编集《近代日本文艺读本》。

8日（周日），出席精养轩举办的野口功造、真造父亲十日祭，遇德田秋声。午后2时散会，归途在室生犀星宅，会见水上泷太郎、堀辰雄等。

11日午后5时，出席本乡燕乐轩举办的小说家协会总会。

14日前后，患流行性感冒，数日不得外出。获赠与谢野晶子歌集（诗集）《瑠璃光》，写信致谢并寄上作品《越人》，期望刊载于《明星》杂志。

17日前后，前年6月充当媒妁人的冈荣一郎夫妇不和，有离婚传言。野口真造（冈夫人的叔父）来访。室生犀星、神代种亮等来访。

18日夜，塚本八洲三度咯血。其后，为探视病人等忙不胜忙。请下岛勋出诊。两人乘车前往牛込神乐坂的塚本家。晚9时20分许归家。

21日，获知清水昌彦（小学时代的朋友）患了结核病。致函"活着的世界索然寡味，死去的世界也一样。做一天和尚撞一天钟。望君亦长寿"。

27日，伴下岛勋访塚本家探视八洲。

28日，获赠土屋文明歌集《冬草》。致函答谢。在给归乡中的佐藤春夫写信时说："艳羡恬静无欲的田园生活。"

3月　　　　　　（满33岁）

1日晚，出席芝红叶馆举行的、自任编者的《镜花全集》出版纪念会。

8日（周日），健康每况愈下。闻知冈荣一郎夫妇将离婚。塚本八洲咯血。工作停滞，会客终止，催稿却不断。

10日前后，作为《镜花全集》的广告，执笔《目录开口》。

21日，任佐佐木茂索、大桥房子结婚媒妁人。在横滨山下町的帐篷宾馆（横滨新广场宾馆），亲戚、知人汇聚一堂举办了披露宴。

4月

1日，《芥川龙之介集》刊行。卷末附自笔年谱。其中初次公开了作为养子的事实，理由是"母亲患病"。但并未公开生母精神病患的事实。

6日，《钢琴》起笔。

此期出席了小石川偕乐园《女性》杂志主办的座谈会。田山花袋、长田干彦、宇野浩二、里见弴等出席。

4月上旬，萩原朔太郎由大井町（2月由故乡前桥迁居东京）迁居田端三二番地，结为至交（11月又移居镰仓）。

10日，为养病赴修善寺温泉。住新井旅馆（至翌月初）。

13日，请葛卷义敏寄正冈子规的《竹里歌》和帕皮尼[1]的 *The Finished Man*（1397）。

《北京日记抄》脱稿。

此期，清水昌彦（三中时代友人）结核病故。夫人亦在护理中感染死去。留下4岁的女儿章子令人心痛。

16日，致函父患病返故乡长崎的渡边库辅，叱咤激励。此前《北京日记抄》《文艺一般论》及文艺春秋的约稿脱稿。《温泉通信》起笔。

室生犀星一家移居腾空的旧居（田端523号）。

17日，不堪无礼电报催稿信，致函室生犀星。后在题为《相闻》的代表性诗作中写道："时光又至水无月（阴历6月）/无奈心绪向谁述/娑罗水枝伴插花/难掩哀怨人目光。"

此期已获水上泷太郎、上司小剑等许可，全力投入《近代日本文艺读本》的编辑工作。

19日，催稿电报10余，根本茂太郎（《女性》杂志记者）等索性坐催。不堪忍受却也只好抓紧赶稿（1405、1406）。

20日，泉镜花偕夫人访修善寺，同宿（夫妻滞留到30日）。根本

---

[1] 乔万尼·帕皮尼（1881—1956），意大利记者、评论家、诗人。

茂太郎坐催依旧。

29日，写信给蕗、俦，热心邀访修善寺，并附上火车时刻表、换乘的三岛站示意图、新井旅馆的略图等。此时的坐等催稿依旧。

30日，约稿执笔告一段落。

5月

2日，将《〈镜花全集〉小论》文稿递送三宅周一郎。修善寺返京途中。归途赴大矶镰仓小町园小滞，访病卧中的久米正雄，还探访了2月里3度喀血的塚本八洲。

6日，返回田端家中。

7日，致函赤木健介，"小生亦认为《卡拉马佐夫兄弟》在陀思妥耶夫斯基作品中堪谓第一"。

10日，《文艺春秋》的演剧联盟活动在新桥演舞场举行，芥川与菊池宽、山本有三、武者小路实笃等参加。

20日下午2时，在法政大学讲堂做题为"爱伦·坡掠影"的讲演。

26日，秀繁子来访。下午4时以后，邀约为蕗出诊的下岛勋访室生犀星，谈论俳句等，夕返。

6月

上旬，读萩原朔太郎《乡上望景诗》，感佩不已。着睡服访朔太郎宅。

6日傍晚，邀佐佐木茂索赴细川邸观能剧。

21日，托小林雨郊（京都画家）买蓬平画。

26日下午4时，下岛勋来访为蕗诊病。诊病后访芥川书斋，秀繁子来访，三人结伴访室生犀星。

7月

4日，告知斋藤茂吉，眼科医生的诊断是结膜炎。

12日，三男诞生。藉恒藤恭的恭字命名为也寸志。

16日，拒绝来客。在自宅商谈小穴隆一婚姻问题。

20日，致函堀辰雄："无论多么辛苦，都要专念于写生式的创作而不能追求时髦。这对于君的成长是至关重要的。"

8月

9日，用小包将泉镜花处借来的《雨果小品》完璧归赵。

10日，《海滨》的创作笔滞。约定翌日傍晚完稿，又请求宽延一日。

13日，《海滨》《足堤》脱稿。

20日傍晚，出发赴轻井泽。住鹤屋旅馆（至翌月8日）。

23日（周日）与室生犀星、堀辰雄攀碓冰岭。

24日，萩原朔太郎携胞妹雪子、爱子访室生犀星。结识堀辰雄。

25日，室生犀星返京。

26日，在《改造》社记者坐催下，《死后》脱稿。

堀辰雄、片山广子、总子结伴赴追分郊游。后成为堀辰雄《鲁本斯的假画》创作体验。

31日，乘车与小穴隆一、佐佐木夫妻、堀辰雄等赴碓冰岭观月。

9月

2日前后，因感冒四、五日卧床。小穴隆一、堀辰雄护理。

4日，比吕志在蒲原春夫的引领下访轻井泽。

7日，携比吕志由轻井泽返京。

上旬，跟田沼利男（堀辰雄旧友）学法语。

轻井泽带回的风邪未愈，20日之前卧床。

13日（周日），堀辰雄等来访。

20日，风邪减轻，起床。

23日下午2时许，南条胜代初次来访。以后直至其再度赴英的昭和二年一月，芥川为自幼受西洋教育（2岁至18岁）的南条，个别教授日本文学的一般性常识。

25日，通过中根驹十郎，跟新潮社预支了300日元稿酬。

请佐藤春夫撰写的文士真迹短册颁布会的短册，尚余100枚未完。致函佐藤春夫询问完成与否。

《中国游记》开始校正。

10月

11日（周日），执笔《"私"小说论小见》。

15日前后，深夜，也寸志发烧。护理。

18日（周日），会客日来客颇多，疲惫不堪。

也寸志病未见好，连日里充满焦虑。

27日上午10时，泷田樗阴死去。午后，室生犀星来访。是夜二人前往吊唁。

未定稿《明治文艺小论》脱稿。

11月

3日，《中国游记》刊行。

又开始为翌年新年号的稿约忙不胜忙。

8日（周日），担当编集者的《近代日本文艺读本》（全五集）同时刊行。此工作曾令之异常焦虑。耗时1年零3个月，终于有了点儿解放感。此后却卷入未经许可收录和稿酬分配问题，烦不胜烦。

14日，致函小穴隆一，说到与高桥文子（西田几多郎的侄女）谈婚论嫁。

此时，新年号的短篇稿约尚余三篇。

22日（周日），《澄江堂杂记》脱稿。

12月

1日，《湖南的扇子》最初部分交稿。

10日（推定），与室生犀星结伴，访森川町的德田秋声。拒绝《改造》新年号约稿。《湖南的扇子》未能脱稿。请求《新潮》将新年号约稿（《年末一日》）的截止交稿日期顺延三四天。

15日前后，《湖南的扇子》《年末一日》脱稿。（后者初刊的日期是"12月8日"）。

31日，致函斋藤茂吉："中央公论的稿子未能完成，请一览新潮刊出的《年末一日》。"

月末论及年末状态，称"恍惚中撞上小暖炉，或许便是精神变异之前的心理感受……"

著作

1月1日，《大导寺信辅的半生——一幅精神风景画》（《中央公论》）

1日，《早春》（《东京日日新闻》）

1日，《马脚》（《新潮》）

1日，《澄江堂杂记》（《俳坛文艺》）

1日，《俊宽》（《文艺春秋》）

1日，《完人》（《日本诗人》）

1日，《壮烈的牺牲》（《妇人画报》）

1日，《十位现代作家的生活状态》（《文章俱乐部》）

1日,《一页30钱的稿酬》(《实业日本》)

1日,《新潮合评会第二十回(大正十四年文坛刍议)》[后更名为《新潮合评会(五)》](《新潮》)

2月1日,《马脚续篇》(后更名为《马脚》)(《新潮》)

1日,《学校的朋友》(《中央公论》)

1日,《完全写实的困难》(《妇人画报》)

1日,《怎么想就怎么写》(《妇人公论》)

1日,《作家、记者一问一答录——其四——与芥川龙之介氏交流一小时》(后更名为《与芥川龙之介交流的一小时》)(《新潮》)

1日,《新潮合评会第二十一回(新年创作总评)》[后更名为《新潮合评会(六)》](《新潮》)

3月1日,《田端人》(《中央公论》)

1日,《文部省的假名用法改定案刍议》(《改造》)

1日,《日本小说的汉译》(《新潮》)

1日,《两个愿望》(《文章俱乐部》)

1日,《越人旋头歌二十五首》(《明星》)

4月1日,《春》(全篇)(《女性》)

1日,《念仁波念远入礼帖》(《文艺春秋》)

1日,《澄江堂杂咏》(《文艺日本》)

1日,《芥川龙之介集》(《新潮社》)

1日,《芥川龙之介年谱》(《芥川龙之介集》)

大正十三年十月十日、十一月三十日、四月三日,《文艺鉴赏讲座》(菊池宽编《文艺讲座》,文艺春秋社)

4日,"第四卷序"(后更名为"*The Modern Series of English*

Literature 序")(*THE MODERN SERIES OF ENGLISH LITERATURE IV, MODERN SHORT PLAYS*，兴文社）

4日，"第五卷序"（后更名为"*The Modern Series of English Literature* 序"）(*THE MODERN SERIES OF ENGLISH LITERATURE V, MODERN ESSAYS*，兴文社）

17日，《来自伊东》（《时事新报》）

26日，《作为人和艺术家的薄田泣堇氏》（《日曜每日》）

4月（推定），《平田先生的翻译》（初出未详）

4月1日、5月1日，《日本的女人》（《妇人画报》）

5月1日，《雪》《诗集》《钢＋琴》（→雪・→诗集・→钢琴）（《新小说》）

1日，《镜花全集目录开口》（《新小说》）

1日，《镜花全集的特色》（《新小说》）

1日，《第五次女性谈话会》（《女性》）

5—6日，《镜花全集刍议》（《东京日日新闻》）

10日，"第二卷序"（后更名为"*The Modern Series of English Literature* 序"）(*THE MODERN SERIES OF ENGLISH LITERATURE II, MODERN SHORT STORIES*，兴文社）

大正十三年九月二十日、十一月十日、大正十四年一月十三日、四月二十五日、五月十五日，《文艺一般论》（菊池宽编《文艺讲座》文艺春秋社）

6月1日，《北京日记抄》（《改造》）

1日，《澄江堂杂咏》（《新潮》）

1日，《温泉通信》（《女性》）

1日,《我的俳谐修业》(《徘坛文艺》)

20—21日,《旅行随想（长崎、北京、京都）》(《东京日日新闻》)

6月（推定）,《杂信一束》(初出未详)

7月1日,《"私"小说我见》(《不同调》)

1日,《结婚难和恋爱难》(《妇人国》)

1日,《文章论——某日的对话（5）》(《文章俱乐部》)

8月1日,《〈太虚集〉读后》(《紫杉》)

1日,《〈莎乐美〉及其他》(后两篇分别更名为《Gaity 座的〈莎乐美〉》《变迁及其他》)(《女性》)

1—2日,《喜欢的水果的故事》(《时事新报》)

1—4日,《爱·伦坡片彰》(后更名为《爱·伦坡侧影》)(《秋田魁新报》)

9月1日,《海滨》(《中央公论》)

1日,《尼提》(《文艺春秋》)

1日,《死后》(《改造》)

1日,《答藤泽清造君》(《不同调》)

1日,《才一巧亦不二》(《新潮》)

1日,《邻笛——大正九年至十四年的年代序》(《改造》)

1日,《我机》(《妇人公论》)

10月1日,《〈冬草〉读后感》(《紫杉》)

1日,《侏儒絮语——病床杂记》(后更名为《病床杂记》)(《文艺春秋》)

15日,《微笑》(《东京日日新闻》)

20日,"序"(后更名为《〈笑话〉序》)(畑耕一《笑话》,大阪屋

号书店）

11月1日，《"私"小说论小见——致藤泽清造君》（《新潮》）

1日，《〈未翁南圃句集〉序》（桂井健之助、太田敬太郎《未翁南圃俳句集》，北声会）

大正十二年一月一日—十一月一日，《侏儒絮语》（《文艺春秋》休载；十四年十月，杂志休刊；十二年九、十、十二月，十三年五月）

3日，《中国游记》（初刊本）（《改造社》）

3日，"自序"（后更名为《〈中国游记〉自序》）（《中国游记》）

8日，《近代日本文艺读本》（全五集）（兴文社）

8日，"《近代日本文艺读本》缘起""《近代日本文艺读本》序""《近代日本文艺读本》凡例""第一集序""第二集序""第三集序""第四集序""第五集序"（后更名为"《近代日本文艺读本》缘起、序、凡例"）（《近代日本文艺读本》）

15日，《泷田哲太郎君》（《日曜每日》）

18日，《〈芜村全集〉序》（颖原退藏编《芜村全集》，有朋堂书店）

11月（推定），《夏目先生与泷田君》（初出未详）

12月1日，《泷田君和我》（后更名为《泷田哲太郎氏》）（《中央公论》）

1日，《一人一语》（《文艺春秋》）

21日，《代序、小戏曲〈直木三十三〉》（后更名为《〈新作复仇全集〉序》）（直木三十三《大众文艺新作复仇全集第一卷》，兴文社）

（推定）"第一卷序"（后更名为"*The Modern Series of English Literature* 序"）（*THE MODERN SERIES OF ENGLISH LITERATURE I, MODERN FAIRY TALES,* 兴文社）

1926年（大正十五，昭和元年）

1月

7日，出席小石川偕乐园的"新潮合评会"，出席者有田山花袋、近松秋江、正宗白鸟、藤森淳三、广津和郎、宇野浩二、堀木克三、中村武罗夫等。与斋藤茂吉在东京站前的花月餐厅用过晚餐后，一并在紫杉发行所会见岛木赤彦。

9日前后，失眠症、胃肠失调。后有记述称罹患"神经性狭心症"。

13日，允诺东宫丰达（世界语医生），以世界语翻译自己的作品。此期苦于肠胃病、神经性狭心症、失眠症、痔疮等疾患。

15日，跟斋藤茂吉打听伊藤左千夫遗属住所。午后为静养前往汤河原。拟住中西屋旅馆（至翌月19日）。在汤河原给山本有三写回信，回答了有关著作权法的问题，表明已与菊池宽商榷。读晚刊获知佐佐木房子（茂索夫人）生父死于非命，给山本的信中亦写道："在自己充当媒妁的婚事中总发生此等不幸，令自己的神经衰弱日甚一日。"

16日，致函室生犀星，称在汤河原赏梅。汤河原亦受关东大地震影响，闻中西屋旅馆迁往他处，给下岛勋的信中写道："深感有为转变，世事无常。"

18日，致函小穴隆一，佐佐木房子生父之死，令自己忧郁消沉。"不知何故，与小生相关之婚姻，皆无良善之结局。望君珍重！"

20日，请下岛勋调制、寄送肠胃药。此期服用的胃药靠下岛，精神安定剂则由斋藤茂吉调制。在给佐佐木茂索信函中写道："近两月的失眠症未愈，连续两晚不眠，第三晚疲惫不堪昏然入睡，第四晚却又是全然无睡意。"

21日，请葛卷义敏将《近世日本国民史》中的《丰臣氏时代》和《梁尘秘抄》递呈道章。后阅读《近世日本国民史》，感叹"人工式的豪侠气概"。捎话于蔗，及早来访汤河原。

此期痔疮疾患小愈，仍苦于肠胃病、神经性狭心症和失眠症。

26日，邀土屋文明访汤河原。

28日，短暂归府田端。

31日（周日）下午4时许，为收取夏目漱石诗笺箱，走访镰仓的菅虎雄，而后再访汤河原。

2月

5日前后，经斋藤茂吉介绍，接受了神保孝太郎（内科医生）的诊察。诊断为神经衰弱、胃酸过多症和胃萎缩。医生说，"这样子任其发展，到40岁不得胃溃疡胃癌才怪呢。"

佐佐木茂索访汤河原，宿两日返。

8日，田端转来片山广子的慰问品，致函道谢。

《地狱变》和《大石内藏之助的一天》（重印本）刊行。

9日，再度邀土屋文明访汤河原。

持续失眠。阿达林（安眠药）用罄。

13日前后，蔗访汤河原。

16日，看到小穴隆一特别装帧、文艺春秋社刊出的《地狱图》和《大石内藏之助的一天》，致函小穴称"装帧素朴而雅致"。

19日，细木元三郎（生父敏三之弟）患脑溢血。抱病离开汤河原，与蔗急返东京（原定滞留至23日前后）。

21日，与谢野铁干邀其讲演，因病拒绝。

26日下午，受邀春阳会，与下岛勋一起出席了上野展览会。场内见到小穴隆一、神代种亮、室生犀星、葛卷义敏等。归途一起去上野广小路的冈野吃汤粉。

3月　　　　　　　（满34岁）

5日，收到室贺文武寄来的《圣经》（应是新译《圣经》），致函道谢："今读山上训示。之前也曾几次拜读，却从未有过今日这般感触。"

6日，下岛勋雪中访乐天堂医院，注射针剂。

11日，依然苦于神经衰弱。

13日下午3时许，赴青山脑病医院访斋藤茂吉，做内脏方面检查。

16日下午1时15分，下岛勋养女行枝（当时小学六年级）患肺炎死去。前一天去学校，回家发烧42度，引发肺炎，彻夜护理仍不治。芥川非常喜欢行枝，闻讯惊愕。

31日，事后获德富芦花承诺，作品收录于《近代日本文艺读本》。身体状况不佳，连夜由鹄沼归府。

4月

1日晚，下岛勋来访诊察（山崎）。

5日致函渡边库辅称："严重的神经衰弱未愈，肠胃不调，痔疮也令人困扰。每日处在抑郁的心境中。时时怀念与君共处的时光。"

上旬，比吕志入东京高等师范附属小学。

6日下午，状况不佳卧床。下岛勋来访，请其为死去的行枝作悼诗。完成的诗句，以芥川的笔迹镌刻在行枝墓碑后，"秋意阑珊，篝火暗影雏颜"。

重新服用汤河原一度停用的阿达林。常人的药量已无效果，一次服用两克,是通常药量的三倍以上。另由此期开始,常服用佐佐木茂索处拿来的安眠药(阿罗纳尔·劳休),以后长期爱用。

10日,前月末请德富芦花事后允诺,作品收录于《近代日本文艺读本》。德富芦花回信可。致函答谢并寄送酬金。同样也获得了三木露风的事后认可。同样致函答谢并寄送酬金。

13日,未定稿《凶》脱稿。

15日,访小穴隆一住处,告知决意自杀。

22日,偕文、也寸志赴鹄沼的东屋旅馆静养。当时塚本八洲在鹄沼疗养,塚本一家移居于此。以后至翌年1月,鹄沼成为生活的主要据点。

鹄沼来客过多,疲劳感加剧。6月1日,致函佐佐木茂索时称:"在鹄沼,一个月的来客相当于东京三个月的来客人数。"来客时强打精神,客人一走便额头冒出虚汗,几次跌到在廊檐。

25日晨,反吐胃酸。致渡边库辅的信中写道:"无须常见,君深知君在吾心中的地位。逐出宗门云云,说这种混账话的人,让他看看我的邮件吧。"

5月

1日,佐佐木房子送来小米,致函茂索答谢。斋藤茂吉的诊断是"血压一百五十,可以赴海岸";又写道:"仍旧虚弱易疲劳,自下散药、水剂、注射针剂并用。定时散步。"

5日,也寸志过第一个生日。文携也寸志回到田端。此间力石平藏暂住家中,多有照应。

9日,获赠山本有三著书(《途中》),致函答谢。涉及《近代日本文艺读本》酬金,这样记述道:"人多。区区文酬难以分配。无奈从兴文社预支了些许。编纂这样的工作不是人干的。"却有妄言令人气恼："芥川主编《近代日本文艺读本》赚大钱盖了新书斋。"据称他买了许多值钱的三越邮票，分配给包括遗属的119名作品收录作家。

安眠药的服用量渐渐增加。

24日前后，服药，温灸，辞掉已届截稿期的稿约，一心不乱地致力于作品的创作。对戏曲的创作，也表现出关心。

25日，夜返田端。

26日下午1时，下岛勋来诊察，病情良好。

29日，致函室生犀星，读萩原朔太郎的《中央亭骚动事件》，感动。此事件关联于出席野口米次郎诗人生活30周年祝贺讲演会的朔太郎，显然，犀星加剧了亲友的危机，助长了抢摔椅子的暴行。

30日，获赠木村毅的《文艺东西南北》，致函答谢称："小生不擅南蛮小说，唯小生之《基督徒上人传》弥值一读乎。"

6月

7日，预定翌日再回鹄沼。致函蒲原春夫称："月末回返，从容出京。"

8日傍晚，由田端再回鹄沼。

此期偕文、也寸志赴汤河原旅行，中西屋旅馆一宿。与文一同旅行，这是第一次也是最后一次。

11日，请小穴隆一按样品将一种药品（小穴记载："此药致死量为0.001克"）送至田端。

13日，小穴隆一访鹄沼并住下。

此期为作品创作，恢复了暂停服用的安眠药。醒转时，不时产生见到朋友们的幻觉。

为《点鬼簿》的创作殚精竭虑。

14日前后，腹泻不止至月末（后查明是大肠黏膜炎）并发痔疮，痛苦不堪。塚本铃为之担心，让八洲的护理暂来帮忙。

22日，因腹泻放弃了翌月3日文艺春秋社预定的讲演会。委托佐佐木茂索代致谢辞并代做讲演。午后10时许，由鹄沼返回田端。

23日午后，下岛勋来访，为之诊察。大肠黏膜炎使之衰弱不堪。

28日，略微恢复。访室生犀星。其后又是没完没了的腹泻。

30日，小岛政二郎为之介绍了做痔疮手术的医院。回复说胃肠病令之衰弱不堪，稍稍恢复后再做考虑。

此期，他时时穿着袜子在脚心涂抹芥末，更时时用芥末泡脚。

7月

5日下午，接受下岛勋诊察。胃肠的情况大为好转。

6日下午1时许，返鹄沼。早晨，文和也寸志先一步出发。

接受斋藤茂吉的劝告，在东屋旅馆别墅区租下"イ之四号"（入大门后的三间），移住鹄沼开始简便素朴的生活。这种"仅有一个西式餐叠"的生活被芥川称作"第二次结婚"。移居当天，蕗也来鹄沼短暂滞留。翌日，秀繁子带孩子前来探访。

10日，请小穴隆一下次来访时，带来研磨后的那种药品。

11日（周日），再次索要那种药品。

12日，给小穴隆一电报："从速。"

13日，小穴隆一访鹄沼，交付药品。

15日，《三个为何》脱稿。

此期神经衰弱依旧，更有恶化倾向。内脏不调。一般情况下只能吃粥一样的流食。

20日，未定稿《鹄沼杂记》脱稿。

此期比吕志、多加志访鹄沼暂住。比吕志当晚发烧，看过医生仍未好转，便急急返回田端。

24日，连日酷暑。排软便。不能下海。临近的小提琴声令之心烦。无法创作，一度考虑返回田端。

27日傍晚，初次请藤泽开业的医生富士山诊察。医生说药饵疗法很难使肠胃恢复正常，便给他开了一盒处方坐药。

29日前后，租屋周围噪音严重——乐器演奏（小提琴、留声机、喇叭）和收音机的噪音，因此考虑迁居西海岸。

月末，小穴隆一移居别墅附近的另一幢"イ之二号"（至翌年二月）。小穴移居鹄沼，是芥川求之不得的。以后二人时常一起散步，有时则加上文一共三人。

8月

7日，因神经衰弱失眠，接受富士山（医生）诊察。诊断是必须避免安眠药服用过度，并给他开具了处方药布洛莫可尔（当时最强的神经镇静散剂）。

9日，佐佐木茂索通知，国木田虎雄（独步之子）租住的西式公寓腾空了，望从速看房。说是中旬即已腾空。作为暂住处上等不过。于是考虑迁居。

此期仍旧胃肠不调，动辄腹泻。一度归乡的渡边库辅回到东京，暂住田端，多少帮些忙。

10日（或9日），堀辰雄来访。

11日，接受富士山诊察，要求再开一盒坐药。

12日，邀佐佐木茂索夫妻来鹄沼。"不要买礼物，只要代购两瓶阿罗纳尔·劳休（安眠药）"。在邀请下岛勋的信中则写道：因附近噪声，"近期拟迁居稍微闲静的处所"。

《春夜》脱稿。

中旬，与文二人突然走访了新婚生活开始的镰仓旧家。

16日，接受富士山诊察，开具6天处方镇静药。

18日，再接受富士山诊察，商谈内服药以外的方法。商定之后每日注射一次砒素奥普他尔逊针剂（针对神经衰弱当时最好的注射液），共注射16针。

24日，再度邀下岛勋访鹄沼，"希望在我们的新居迎接先生一并用餐"。

月末，安眠药服用过度，夜间连续50分钟说胡话。

此间归府田端。

9月

2日前后，为避东京酷暑再赴鹄沼。

《点鬼簿》基本完稿（16日前后再度推敲）。

通知新潮社，决定第三随笔集题名为《梅·马·莺》。

预定由佐藤春夫负责的装帧，变更为生活费拮据的小穴隆一。

月初，新原得二一家移居鹄沼。无形间烦恼增多。

15日，增添数页的《点鬼簿》递呈改造社。数页耗时数日。

16日，身体状态依旧不佳。附近噪音仍旧烦人。在给佐佐木茂索的信中写道："真想移居镰仓或逗子，内人却不想离开这里"；又说"多事，多难，多忧，想跟蛇一般冬眠"。

22日，允诺《基督徒上人传》的世界语翻译权授予东宫丰达

（世界语医生）。

27 日，暂时回到田端家中。旋即又回鹄沼。

29 日前后，26 日由美国归国的恒藤恭访鹄沼。分别 3 年的最后一面。

10 月

1 日，当日发表的《点鬼簿》开篇写道，"我的生母是精神病患者。"初次公开了自己出生的秘密。

3 日，允诺东宫丰达，将世界语译的作品由《基督徒上人传》改为《文明的杀人》。

11 日，《O君的新秋》脱稿。

此期由"イ之四号"迁居靠后的二层小楼。

17 日前后，返田端自宅。

19 日午后，返鹄沼。

22 日，《梅·马·莺》结束初校。

26 日《悠悠庄》脱稿。

29 日，致函佐佐木茂索，精神状态不安定。称"返回东京时即做精神鉴定，总觉着麻烦一拖再拖。"

此期，为 9 日《时事新报》刊载的德田秋声《点鬼簿》恶评心绪不宁。

11 月

10 日，德田秋声的《点鬼簿》恶评造成的打击仍发酵。致佐佐木茂索信中写道："近期酷寒，痔疮复发。安眠药也一再增量。""总之想见君一面。"

13 日，《他》脱稿。

21日（周日），请斋藤茂吉寄吗啡提取剂。

27日，宇野浩二访鹄沼。称不得要领。返。

《猪·鹿·狸》《萩原朔太郎君》脱稿。

此间胃肠病渐渐恢复。神经衰弱症仍不见好。时常在路上遇见老人，就误认为过世的生母。

12月

1日，《蒙老瞎》脱稿。

2日，读柳田国男《山与人生》。

此期的常用药物有吗啡提取剂、毫米卡[1]、泻药、贝洛纳尔（镇静药）。还有痔疮用坐药。家人看在眼里痛在心里，真格是满身疮痍。

3日，《玄鹤山房》写了十二三页停滞。致佐佐木茂索的信中写道："在写一部黯淡的小说"，"冬眠、冬眠，心里想的唯有冬眠"。

4日，《我》脱稿。

5日，读中野重治（当时是东大学生）诗歌，有感转述于室生犀星。"一阅。可谓生机勃勃。中野君可渐渐转向小说的创作。肯定比今日的无产阶级作家写得好。"

9日，夏目漱石忌辰。曾想在这个日子自杀。

《他·第二》脱稿。

10日，《一个社会主义者》脱稿。

11日，服三包安眠药，却苦于痔疮复发，一夜未眠。

13日，请斋藤茂吉将两周的吗啡提取剂送至田端。

---

1 主要从马钱子中提取的生物碱毒药，以前用作兴奋剂。

傍晚，由鹄沼返回田端家中。

以《玄鹤山房》的脱稿为目标。

14日前后，在田端的家中倾心创作（至20日以后）。

16日，《玄鹤山房》未能脱稿。致函中央公论社，希望延期至2月号（结果新年号仅刊出其"一"其"二"）。

20日，预定和佐佐木茂索等去赤仓滑雪，却因无法完成约稿而放弃。

22日，在东京站用过晚餐后，晚8时许，跟下岛勋结伴返鹄沼。

23日上午11时许，起床。用餐后，为给塚本八洲诊察，与下岛勋一同访塚本家。归途遇见带着也寸志的文与小穴，一同散步。下岛与芥川、小穴一起用过晚餐后返京。

25日，致函泷井孝作，称"多事，多病，多忧，衰弱不堪"，"值得写的频频受阻，写的尽是些不足挂齿的作品。时不时心想：见鬼！去死吧！"

第三随笔集《梅·马·莺》刊行。

大正天皇驾崩，昭和天皇即位。改年号"昭和"。

31日，"体况不佳"，赴镰仓小町园静养。老板娘野野口丰子提供了种种方便。此时感觉陷入停滞，曾考虑离家出走。田端的家人打电话，催其早日返家。最终回家却延迟到翌年的正月二日。鹄沼的租房，预定是到翌年三月。但回家之后再未返回。时不时有塚本家的人来此巡视。

著作

大正十四年十二月一日、大正十五年一月一日，《澄江堂杂记——代

"侏儒的话"》(后更名为《澄江堂杂记》)(《文艺春秋》)

1日,《翻译小品》(《文艺春秋》)

1日,《湖南的扇子》(《中央公论》)

1日,《年末的一日》(《新潮》)

1日,《猎鸭》(《桂月》)

1日,《论两篇别具一格的作品》(文章往来)

3日,《随笔·身边》(《日曜每日》)

4日,《文章和语言》(《大阪每日新闻》)

31日,《虎的故事》(《大阪每日新闻》)

2月1日,《两个朋友》(《橄榄树》)

1日,《山茶花》(《女性》)

1日,《新潮合评会第三十一回(新年创作评)》[后更名为《新潮合评会(七)》](《新潮》)

大正十四年十一月二十日、十二月五日、十二月二十日,大正十五年一月五日、二月五日,《拊掌谈》(《文艺时报》)

8日,《地狱变》(再版)(文艺春秋社出版部)

8日,《大石内藏之助的一天》(再版)(文艺春秋社出版部)

3月1日,《一个无名作家》(《文章俱乐部》)

2月1日、3月1日,《病中杂记一代"侏儒的话"》(《文艺春秋》)

8日,《〈轮回〉读后》(《东京日日新闻》)

15日,《〈弱冠〉后记》(平木二六《诗集弱冠》,自我社)

4月1日,《刚才与柔才》(《新潮》)

1日,《悼内藤鸣雪翁》(《枯野》)

5月1日,《横须贺小景》(《驴马》)

7月1日,《卡门》(《文艺春秋》)

　　1日,《发句我见》(《杜鹃》)

　　1日,《近松的严肃小说》(《不同调》)

　　1日,《又一说》(《改造》)

　　1日,《亦一说》(《中央公论》)

　　1日,《棕榈叶》(《诗歌时代》)

8月1日,《呓语》(《随笔》)

　　8月(推定),《云峰》(初出未详)

9月1日,《春夜》(《文艺春秋》)

10月1日,《点鬼簿》(《改造》)

　　10日,《岛木先生逸事》(后更名为《岛木赤彦氏》)(《紫杉》)

11月1日,《O君的新秋》(《中央公论》)

　　1日,《梦(卷头文)》(《妇人公论》)

　　1日,《槐》(《美术新论》)

　　1日,《小论(野泽)凡兆》(《俳谐杂志》)

　　1日,《芥川氏病状慰藉句会席上》(《四十起作品集荒雕》)

　　4月1日、6月1日、9月1日、11月15日,《近咏》(后更名为《驴马〈近咏〉栏》)(《驴马》)

　　29日,《松冈君的创作原型问题(2)——以久米的旧交回复为契机》(后更名为《以久米的旧交回复为契机》)(《读卖新闻》)

　　11月(推定),《鸦片》(《世界》)

12月6日,《猪·鹿·狸》(《东京日日新闻》)

　　(推定)《德川末期的文艺》(初出未详)

　　25日,《梅·马·莺》(新潮社)

25日,《发句》(《梅·马·莺》)

25日,《短歌》(《梅·马·莺》)

25日,《小序》(后更名为《〈梅·马·莺〉小序》)(《梅·马·莺》)

1927年(昭和二年)

1月

1日,在镰仓小町园迎新年。

2日(周日)由镰仓小町园顺道去了鹄沼后,夜返田端家中。

3日下午,呕吐时,下岛勋来访,接受诊察。

4日,西川丰(内兄,律师)宅全烧。火灾前购高额保险,便有放火嫌疑。午后参加了前月30日过世的小穴隆一妹妹的告别仪式。晚8时许,小穴隆一、下岛勋来访。正好平松麻素子和文在场,一起玩扑克游戏至当晚10点半前后。

6日晚6时50分前后,西川丰在千叶县武郡土气隧道附近卧轨自杀。以后直至3月,一直为内兄的家人及内兄留下的高利贷(年息30%),为生命保险和火灾保险等问题,疲惫不堪地东奔西走。

此间一边照顾躲避编辑和来客的平松麻素子(其父福太郎与老板犬丸彻三是莫逆),一边在帝国饭店租了房子从事作品的创作。时常由帝国饭店出发,步行去见住在美国圣经协会的室贺文武,且以基督教和俳句为话题,进行长时间的热心讨论。

8日前后,出席"新潮合评会"。出席者德田秋声、近松秋江、久保田万太郎、广津和郎、宇野浩二、堀木克三、藤森淳三。

9日晚,为出席漱石忌辰纪念会访夏目家。

13 日下午 5 时半，出席香取秀真宅举行的道闲会。鹿岛龙藏、小杉放庵、久保田万太郎、北原大辅、肋本乐之轩、木村庄八等列席。

14 日，由奈良来京的泷井孝作偕犬养健来访。午后下岛勋来访。

16 日（周日），执笔《玄鹤山房》（2 月号的发表内容）。内兄家的问题尚未平息，迟迟不能脱稿。

19 日傍晚，下岛勋来访。明石敏夫亦来访。当着两位来客继续推敲《玄鹤山房》。

《玄鹤山房》脱稿。

21 日，野村治辅希望获授权翻译其作品的俄语版。获允。翌年 3 月，莫斯科的出版社刊行了《世界文学丛书》第四编。

28 日，斋藤茂吉捎佛罗那等镇静药。

30 日，致函宇野浩二，对之《玄鹤山房》的好评致谢。

月末，依然为内兄家的问题而烦恼。致函佐佐木茂索："为家事善后烦不胜烦，疲惫不堪。可必须写点儿什么呀。脑子里一片混沌。火灾险、生命险、高利贷，诸如此类的问题纠缠不清。"

2 月

2 日，告知斋藤茂吉，正执笔《蜃气楼》《河童》。他这样记述道："时时产生错觉，今晚用错了药。"

3 日，在给河西信三的信中说到《杜子春》，"这个故事的 2/3 以上是虚构"。

4 日，《蜃气楼》脱稿。

5 日，小松芳乔来探望，带来六神丸。致函道谢。

《春夜》脱稿。

7日前后，一方面忙于内兄家的问题，一方面忙于写作。例如《蜃气楼》(21页)、《河童》(60页)、《轻井泽》(3页)、《戏剧漫谈》(5页)。

11日下午，伴平松麻素子、下岛勋访室生犀星。晚上8点半前后为给也寸志取药，去了下岛的医院。在此之前，与室生犀星二人看了堀辰雄的《鲁本斯的假画》，提出了修改意见。这是最后一次审读堀的作品。

13日（周日），《河童》脱稿。

15日，为内兄家的问题出席亲属会议。

完成《文艺的，过度文艺的》前半部分。

中旬，工作告一段落，多次写信给正在当地的小穴隆一，表示最晚月末（当初的预定是20日）返回鹄沼。

此间，会见冈本鹿子时，附近的孩童曾喊"妖怪"。

16日，为秦丰吉解说并推荐《黄金传说》。"总之是一部名著，善本。可跟《罗马人传奇》(*Gesta Romanorum*)一并购置。"

17日，获赠大熊信行著书《作为社会思想家的拉斯金与莫里斯》。致函道谢。论及作为毕业论文研究对象的威廉·莫里斯，附言点评。

19日，出席歌舞伎座改造社主催的观剧会。却无心观剧。在休息室与久米正雄促膝长谈。闭幕后，在里见弴的邀约下，去了吉原茶屋。深夜零点，佐藤春夫、佐佐木茂索夫妻中途退席赴帝国饭店。当日宿帝国饭店，与谷崎润一郎、久米正雄、佐藤春夫彻夜长谈。

25日傍晚，下岛勋来访。出席帝大佛教讲堂新潮社举办的世界文学全集讲座讲演会并做讲演。

27日（周日），为参加改造社举办的1元本全集宣传讲演会，与佐藤春夫等一同出发赴大阪。为救助经济上极度困窘内兄一家，他在身体状况不佳的情形下勉为其难地参加。

28日，在大阪中之岛公会堂做题为"舌头小说"的讲演。

晚上与谷崎润一郎、佐藤春夫冶游。深夜访冈本的谷崎宅，彻夜进行文学论战。

放弃了再返鹄沼的想法，小穴隆一在自己的劝诱下移居鹄沼，这会儿又期望他迁回田端的自家附近。当日便在田端看好了一处寓所（新昌阁），数日后，小穴又由鹄沼移居回来。

3月　　　　　　（满35岁）

1日，与谷崎润一郎、佐藤春夫两夫妻，赴辩天座观赏文乐。佐藤夫妇是夜返京。便与谷崎二人在南地的茶屋继续论文学。在夫人的引荐下，根津松子来访。松子初识谷崎，两人日后竟结为夫妻。

2日，在根津松子邀约下，伴谷崎润一郎赴南地的舞场。却仅在一旁观看谷崎和松子热舞，自己并无兴趣。滞留大阪期间，佐藤春夫在读者的帮助下，似可实现西洋的旅行，他劝说芥川同行。芥川也对欧洲旅行表现出极大兴趣，最终却未能成行。

6日（周日）下午4时半许，由大阪返京回到田端的家中。小穴隆一、下岛勋来访，谈笑两个时辰。表演新近学会的魔术。致函青野季吉，言及《玄鹤山房》中的李卜克内西。

7日，《诱惑》脱稿。

11日，致函谷崎润一郎，感谢大阪期间的关照。

14日，《浅草公园》脱稿。

17日，由工作场帝国饭店归宅（何时开始滞留未详）。

21日，下岛勋来访。

23日，《齿轮》之"一雨衣"脱稿。

28日，赴鹄沼整理租屋。住到翌月2日，便彻底告别了鹄沼。在鹄沼致函斋藤茂吉，称"若有时间，《河童》可再写几十页"；言及《蜃气楼》，则说"相对较有信心"。此时出现了新的症状闪辉性暗点（眼性偏头痛，芥川并不认为是眼性疾病）。他曾这样记述道："此间，透明的齿轮总住自己右侧的视野滚动，或应在尊台医院里了此半生。"

《齿轮》之"三夜晚"及《种子的忧郁》脱稿。

29日，《齿轮》之"四半途"脱稿。

30日，《齿轮》之"五赤光"脱稿。

4月

2日晚，由鹄沼返回田端家中。

3日，致函吉田泰司，对其《河童》点评致谢。"阁下的批评令我感动"。

4日，滞留鹄沼塚本家的文告知，多加志在发烧。回函询问，安抚。

5日晚，带着威士忌土产访久保田万太郎，二人一起饮用。

此期留下了伞绘和一些俳句。

6日下午2时许，下岛勋初次携外甥阿连（后收为养子）来访。劝下岛诵读英语版《圣经》。傍晚，伴下岛访室生犀星。取犀星案上书简笺，绘河童图。晚9时许归宅。

7日，《齿轮》的终章《六飞机》脱稿后，由田端的自宅赴帝国饭店。当日计划与平松麻素子在帝国饭店殉情（外甥斋藤理一郎证言，平松曾阻止芥川自杀，极力稳定其情绪）。平松赶到小穴隆一宿处说明了真相，文、小穴、葛卷义敏三人急急赶到，自杀未遂。当日与小穴宿帝国饭店。

8日，文出席比吕志的小学校开学典礼后赶抵帝国饭店。当日在柳原白莲的撮合下，在星冈茶寮与平松麻素子、柳原一起用午餐。同时邀请了文，未至。

13日，《凶》脱稿。

14日下午，室生犀星、下岛勋、平松麻素子来访，谈论俳句的话题至傍晚。

16日，写遗书寄给菊池宽。寄给小穴隆一的遗书大概也是在这个时期。

此期，在艺术社的《日本儿童文库》（70卷）和兴文社的《小学生全集》（80卷）间，发生了诽谤中伤会战。芥川是前者的执笔者后者的编辑者，为此烦恼不堪。

27日晚，为观赏收藏的陶磁器，平松麻素子访下岛宅。

此期决定，分担《东京日日新闻》连载的《大东京繁昌记》第46回至第60回（《本所两国》）的撰稿工作。需要自画插图，令之伤脑筋。

5月

1日（周日），堀辰雄、小穴隆一等来访。堀朗读了刚刚完成的短篇小说。小穴、葛卷义敏等展开了展览会论。当日小穴留宿。

2日，文偕也寸志赴鹄沼。在小穴隆一点拨下，好歹完成了《大东京繁昌记》第1、第2回的插图，递呈冲本常吉。

3日，小穴隆一带着《大东京繁昌记》第1回的插图来访。疲惫不堪。服用了马钱子制剂、波希鼠李制剂、巴比妥等药物后上床睡觉。

《大东京繁昌记》第8回脱稿。

4日，文由鹄沼回到田端。

《小说作法十则》脱稿。

5日，与内田百间一起访兴文社。归途被记者的照相机锁定，乘出租车逃离。出席帝国饭店举行的"新潮合评会"，出席者有德田秋声、近松秋江、佐藤春夫、久米正雄、中村武罗夫等。散会后，中村邀其去了银座的虎名咖啡店。归宅后，准备翌日的讲演（未详）稿。凌晨3时许歇息。便门疼痛难眠，服用了二次量的巴比妥。

《我的三个朋友》《续文艺的，过度文艺的》脱稿。

6日，获赠里见弴著书《大道蕉门》致函答谢。出席讲演会（细节未详）。

《素描三题》《两个红毛画家》脱稿。

7日，《古千屋》《年糕小豆汤》等脱稿。

8日（周日），出席瓢亭举办的《文艺春秋》堺利彦、长谷川如是闲座谈会，久米正雄、藤森成吉、菊池宽等参加。

13日晚10点30分，跟里见弴一起，在上野站乘青森方面的急行快车，往东北、北海道方面出发，参加改造社的《现代日本文学全集》宣传讲演旅行。

14日晨7时20分，抵仙台。访东北帝大小宫丰隆、木下杢太郎，共进午餐。此时透露，有可能接受九州大学招聘。在仙台市公会堂讲演。

15日（周日），在盛冈的盛冈剧场，做题为"夏目先生逸事"的讲演。

16日，乘深夜2时42分发车的急行离开盛冈。晚10时抵达函馆。当日宿汤川温泉。

17日下午4时半，在函馆市公会堂做题为"杂感"的讲演。乘凌晨2时16分发车的急行赴札幌。日程过密疲劳不堪。在给佐佐木茂索的信中写道，"连日来强行军似的讲演身心俱疲"，"坐火车、讲演、睡觉、再乘火车……修行般地循环往复，真格是疲惫不堪"。

18日凌晨7时54分，抵达札幌。在札幌做了两个讲演。白天是北海道大学的"爱伦·坡的美学"；傍晚是大通小学的"夏目先生二三事"。

19日，乘凌晨8时发车的急行离开札幌，上午11时32分，抵达旭川。下午4时半，在锦座做题为"表现"的讲演。乘下午6时15分的急行离开旭川，晚9时44分再抵札幌。当日宿札幌。在给文的信中写道："如此要命的旅行匪夷所思！"

20日离开札幌，抵小樽。下午5时，在花园小学做题为"描写"的讲演。听众中有年轻的伊藤整、小林多喜二。乘当晚10时48分的卧铺急行赴函馆。

21日凌晨7时，抵达函馆。8时乘上渡船，中午12时半抵达青森。在此与赴京的里见弴分别去新潟，为休息和时间调整，在盐谷旅馆支店开了一间房。在此会见了参加青森市公会堂讲演会的秋田雨雀和片冈铁兵。在《东奥日报》和秋田等的劝诱下突然参加了下午 4 时半的讲演会，做了题为"漱石先生轶事"的讲演。热心的听者之一是太宰治（当时是弘前高中学生）。当日宿青森。

22 日（周日）晨，经由北陆赴新潟（赴秋田则与秋田雨雀等同乘）。夜抵新潟。新潟的三中校长八田三喜曾任旧制新潟高中校长。

24 日下午 3 时半，在新潟高等学校讲堂做题为"爱伦·坡掠影"的讲演。参加以学校相关者为对象的座谈会。下午 6 时半，返京途中。

25 日，返抵田端家中。

此期（或上旬），再次计划与平松麻素子在帝国饭店殉情（与 4 月同样，只是芥川的一厢情愿，平松仍旧想方设法阻止）。平松写信通知文，计划败露未遂。文等赶到宾馆时，龙之介已服药处于昏昏欲睡状态，因治疗及时平安无事。文这样记述道："结婚以来真正地愤怒唯有此时。"且在回想中说，当时的芥川破天荒地流着眼泪道歉。

30 日傍晚，与菊池宽出席了《文艺春秋》在星冈茶屋举办的、围绕柳田国男和尾佐竹猛的座谈会。

此期宇野浩二精神失常，芥川跟广津和郎一起帮忙护理。

31 日下午 4 时半，在改造社举办的、有乐町报知讲堂举行的"讲演音乐电影大会"上讲演。

6 月

4 日，《冬天与书信》之"冬天"脱稿。

7 日，《冬天与书信》之"书信"脱稿。

《三个窗户》脱稿。

此期会面泉镜花,了解有关河童的传说。

此期为躲避编辑和来客,在自笑轩附近租房,用作工作的场所。

12日(周日)下午,与来访的林房雄、神崎清等议论无产阶级文学。

15日,佐佐木茂索访镰仓(佐佐木夫妻已移居镰仓),会见正在现场的菅忠雄、川端康成。当日宿鹄沼。

16日,有鹄沼返回田端自宅。

20日,《一个傻子的一生》脱稿。将文稿交予久米正雄请之写评论文章。

生前最后的作品集《湖南的扇子》刊行。

25日,与小穴隆一赴谷中墓地,为新原家扫墓。

26日下午,小穴隆一返回寓所。

7月

1日下午,道章身体状况不佳,下岛勋来访,轻度脑血栓症状。

2日下午,下岛勋为道章出诊,病情良好。

3日(周日),川口松太郎(《电影时代》记者)来访。讨论有关电影的话题,也谈到自己作品的电影改编。

上旬,经斋藤茂吉介绍,令人厌弃的宇野浩二入住王子精神科医院小峰病院。

5日上午,下岛勋为道章出诊。室生犀星来访。翌日,犀星出发赴轻井泽。这是他们的最后的一次见面。

7日,《西方之人》脱稿。

10日(周日),傍晚,出诊归来的下岛勋来访,与四位来宾漫谈。晚上,小穴隆一、堀辰雄、下岛勋等来访。堀回返后,与小穴、下岛玩纸牌至深夜2时许。

13日晚，与小穴隆一玩六百间（纸牌），下岛勋来访加入。下岛玩至深夜零时许归宅，小穴留宿。

14日，室贺文武来访。送走来客，与文武谈论基督教问题至深夜。

15日下午4时许，下岛勋来访。让文去动坂买来《湖南的扇子》，署名后赠予。打电报请永见德太郎来家中，交付《河童》原稿。

16日晚，室贺文武来访。蹊借故拒见。后询及于此，芥川却说原本想见面的。下岛勋来访，路遇归途中的室贺。

17日（周日）傍晚，偕文外出观剧。

18日，访小穴隆一宿处，在座垫下放置50日元。归途遇见为道章出诊后去往小穴宅的下岛，二人在书房谈笑至深夜零时许。

19日凌晨，多加志发烧，下岛勋出诊。预定当日访鹄沼，中止。午后小穴隆一来访。

20日，在预定8月开讲的、改造社主办的民众夏季大学，受邀任讲师。电报回复"可"。与蹊争执，心绪不宁。将客厅的花瓶掷向园中的庭石。内田百间来访时，处于半醒半睡状态，时不时当着来客的面打起盹来。下午4时许，下岛勋为道章诊察后来到二楼的书房。芥川送走内田留住下岛，两人继续玩六百间（纸牌）。

此间每日两三次晕厥。

21日，服安眠药午睡。突然醒转干呕。下午跟内田百间一起出门，往无人在家的宇野浩二宅送去了慰问品。途中顺路小穴隆一宿处，抚摸了一下小穴的义足后回家。晚上偶然获知佐多稻子住在附近，通过堀辰雄提出见面。佐多稻子跟窪川鹤次郎来访，时隔7年再会。佐多也曾有过自杀未遂的经验。向他详细询问了关于自杀的诸般问题。

22日，酷暑，当年最高气温（华氏95度、摄氏约35度）。

午后1时许，来客。午后3时半许，接受来访的下岛勋诊察，被提醒不要过度服用安眠药。小穴隆一来访，至傍晚一直是死的话题。下午5时前后来客归去后，呕吐。跟葛卷义敏表示——"今夜赴死"，却因《续西方之人》尚未完稿，暂罢。

23日上午9时许起床。状态尚佳。早餐吃了4个半熟的鸡蛋，喝了两杯牛奶。而后窝在书房里赶写《续西方之人》。与文和三个儿子一起用午餐时，谈笑自如。午后1时和2时前后，各有一位来客。午后5时前后则有两位来客。与两人共进晚餐。当日小穴隆一和下岛勋未至。

深夜，绝笔《续西方之人》脱稿。

24日（周日）凌晨1时许，将写给下岛勋的诗笺交给蒇，"自嘲鼻涕挂鼻尖奈何残照余晖走"。凌晨2时许，由书斋下楼，在文和三个儿子熟睡的房间卧床歇息。此时或已服下致死量的巴比妥等。他手捧从二楼拿来的《圣经》，阅读中进入了最后的睡眠。凌晨6时许，文发觉异常，马上通知了下岛勋和小穴隆一。凌晨过7时，确认死亡。小穴素描了死者面型。当晚9时在亲属反对、久米正雄的劝说下，贷席竹村公布了芥川自杀的消息，久米则公布了《写给一位故知的手记》。当时据传纷失了部分原稿（17日经某人之手送还）。当晚，家属和友人等守夜。

25日凌晨1时半许，夫人和亲属在场，入殓，移至客厅。前日周日，晚报休刊。因此各报一齐在头版报道了芥川的死讯。《写给一位故知的手记》堪谓写给读者的遗言，作中写到了自杀的动机即"对于将来的恍惚的不安"。这样的字句契合当时的时代，大大地震撼了社会，使人们受到了巨大的冲击。

26 日，友人、故知守夜。

27 日下午 2 时许，出棺。下午 3 时至 4 时前（预定 30 分钟），在谷中祭场举行葬礼。导师是慈眼寺住持篠原智光师。泉镜花（前辈总代表）、菊池宽（友人总代表）、小岛政二郎（晚辈代表）、里见弴（文艺家协会代表），分别致吊唁词。前来吊唁者共有一千五百余名，包括数十名文坛相关者。下午 4 时 30 分前后，在町井火葬场纳釜。

28 日上午，在日暮里火葬场火葬。午后，家人、亲戚还有恒藤恭等若干朋友为之收骨。

30 日，头七。

9 月

24 日下午 3 时，在竹村举行了追悼会，久米正雄、菊池宽等三十余名列席。席间播放了改造社当初用于《现代日本文学全集》宣传的小电影，缅怀了生前的逝者。

遗骨埋葬于染井慈眼寺境内。墓石大小遵遗志，形状是逝者爱用的座垫。墓碑铭是小穴隆一笔迹"芥川龍之介之墓"。

著作

1 月 1 日，《悠悠庄》（《日曜每日》）

1日,《他》(《女性》)

1日,《他·第二》(后更名为《他第二》)(《新潮》)

1日,《玄鹤山房》(未完)(《中央公论》)

1日,《贝壳》(《文艺春秋》)

1日,《文艺杂谈》(《文艺春秋》)

1日,《萩原朔太郎君》(《近代风景》)

3日,《某人传言》(后更名为《一个社会主义者》,《东京日日新闻》)(《大阪每日新闻》,1月4日)

1月(推定),《俄译短篇集序》(初出不详)

2月1日,《玄鹤山房》(全篇)(《中央公论》)

1日,《蒙老瞎》(《苦乐》)

大正十五年四月一日—大正十六年二月一日,《追忆》(《文艺春秋》)

1日,《新潮合评会第四十三回(1月的创作评)》(后更名为《新潮合评会(八)》)(新潮)

5日,《我》(《驴马》)

17日,《论及藤森君的〈马足〉》(《文艺时报》)

21日,《盛夏毕业典礼着冬装汗水淋漓——为省30日元而受处分》(后更名为《那个时候的赤门生活》)(《帝国大学新闻》)

3月1日,《蜃气楼(小说)——或《续海滨》》(《妇人公论》)

1日,《河童》(《改造》)

1日,《戏剧漫谈》(《演剧新潮》)

1日,《轻井泽——代《追忆》》(《文艺春秋》)

1日,《一无所求》(《新潮》)

1日，《自幼是书迷》(《随笔》)

　　1日，《德富苏峰氏座谈会》(《文艺春秋》)

　　24日，《小说的读者——文艺鉴赏与评价》(《文艺时报》)

4月1日，《三个疑问》(《日曜每日》)

　　1日，《春夜》(《中央公论》)

　　1日，《诱惑——一个剧本》(《改造》)

　　1日，《浅草公园——一个剧本》(《文艺春秋》)

　　1日，《〈庭苔〉读后》(《紫杉》)

　　4日，《狱中的俳人——〈狱窗〉读后》(《东京日日新闻》)

　　14日，《食物》(《文艺时报》)

　　30日，《今昔物语鉴赏》(《日本文学讲座第六卷》，新潮社)

　　3月1日、4月1日、5月1日，《都会》(手帖)

5月1日，《种子的忧郁》(《新潮》)

　　1日，《耳目记》(《文艺时代》)

　　1日，《我的两三位朋友》(《文章俱乐部》)

　　1日，《〈道草〉序》(《文艺春秋》)

　　1日，《无题》(《文艺春秋》)

　　6—22日，《大东京繁昌记本所两国》[《东京日日新闻》(晚刊)，9月16日休载]

　　24—27日，《漱石先生轶事》(《东奥日报》)

　　(推定)《夏目先生》(初出未详)

6月1日，《齿轮》(未完)(《大调和》)

　　1日，《晚春鬻文日记》(《新潮》)

　　1日，《〈我的日子我的梦〉序》(《文艺春秋》)

1日,《两个红毛画家》(《文艺春秋》)

1日,《近咏》(《椎木》)

1日,《堺利彦·长谷川如是闲座谈会》(《文艺春秋》)

1日,《新闻记者与文艺家会谈记第47回新潮合评会》(《新潮》)

15日,《素描三题》(《周刊朝日》)

15日,《历史小说古千屋》(《日曜每日》)

15日,《年糕小豆汤》(《甘甜》)

20日,《湖南的扇子》(初版)(文艺春秋社出版部)

23日,《讲演军记》(《文艺时报》)

6月(推定),《女仙》(《谭海》)

7月1日,《冬天与书信》(《中央公论》)

1日,《三个窗户》(《改造》)

1日,《日俄艺术家会谈记》(后更名为《〈日俄艺术家会谈记〉后记》)(《新潮》)

1日,《柳田国男·尾佐竹猛座谈会》(《文艺春秋》)

4月1日、7月1日,《文艺的,过度文艺的》(后更名为《续文艺的,过度文艺的》)(《文艺春秋》)

25日,《写给一位故知的手记》(《东京日日新闻》《东京朝日新闻》)

4月1日、5月1日、6月1日、8月1日,《文艺的,过度文艺的——并答谷崎润一郎氏》(副题限于4月1日)(《改造》)

8月1日,《续芭蕉杂记》(文艺春秋)

1日,《东北·北海道·新潟》(《改造》)

1日,《西方之人》(《改造》)

1日，《诸般要点》(《文艺公论》)

1日，《风琴》(《手帖》)

1日，《第四十九回新潮合评会》(后更名为《且论艺术小说的将来》)(《新潮》)

1日，《芥川龙之介氏座谈》(《艺术时代》)

4日，《内田百间氏》(《文艺时报》)

9月1日，《续西方之人》(《改造》)

1日，《闇中问答》(遗稿)(《文艺春秋》)

1日，《十根针》(遗稿)(《文艺春秋》)

1日，《小说作法十则》(《新潮》)

12日，《芥川龙之介集》(新潮社)

15日，《眼望机车》(《日曜每日》)

10月1日，《一个傻瓜的一生》(《改造》)

1日，《齿轮》(全篇)(《文艺春秋》)

1日，《故芥川龙之介说电影》(《电影时代》)

11月1日，《犬养君二三事》(《若草》)

10月1日，12月1日，《侏儒的话》(遗稿)》(《文芸春秋》)

12月6日，《侏儒的话》(初版)(文艺春秋社出版部)

6日，《〈侏儒的话〉序》(《侏儒的话》)

20日，《澄江堂句集附印谱》(文艺春秋社出版部)

1928年（昭和三年）

6月24日，为避开酷暑时节，一周忌被提前了一个月举行。午后

3时,芥川家参集烧香;5时半前后,37名来宾汇聚自笑轩举行了悼念会。晚10时许散会。

27日凌晨6时,养父道章患脑溢血故去。